元曲三百首

王辉 邵士梅·编译

插圖精譯

陕西新华出版 三秦出版社

图书在版编目（CIP）数据

元曲三百首 / 王辉，邵士梅编译. -- 西安 : 三秦出版社，2008.01（2024.1 重印）
（国学百部经典丛书）
ISBN 978-7-80736-338-5

Ⅰ. ①元… Ⅱ. ①王… ②邵… Ⅲ. ①元曲－选集②元曲－注释③元曲－译文 Ⅳ. ① I222.9

中国版本图书馆 CIP 数据核字（2007）第 188769 号

书　　名　元曲三百首
作　　者　王辉 邵士梅　编译
责　　编　高立民
封面设计　新华智品

出版发行　三秦出版社
社　　址　西安市雁塔区曲江新区登高路 1388 号
电　　话　（029）81205236
邮政编码　710061
印　　刷　北京一鑫印务有限责任公司
开　　本　680×1020　1/16
印　　张　9
字　　数　150 千字
版　　次　2008 年 4 月第 2 版
印　　次　2024 年 1 月第 2 次印刷
标准书号　ISBN 978-7-80736-338-5

定　　价　39.80 元
网　　址　http://www.sqcbs.cn

前　　言

元曲在我国文学史上与唐诗、宋词鼎足而立，被人们视为我国古代文化艺术宝库中的一颗璀灿的明珠。其题材广泛，风格独特，语言通俗优美，既有怀古之作的悲凉慷慨、边塞之作的激情悲壮，又有闺怨怀情的风流典雅，其中不乏脍炙人口的名篇佳句。

元曲的内涵有广义与狭义之分，前者包括杂剧和散曲，后者单指散曲。杂剧是戏剧，而散曲则与诗、词一脉相承，是诗歌的另一种形式。这里说的元曲指的是元散曲。现在通行的元曲选本，实际上多为散曲选。

元散曲起源于金、元之间流行的“俗谣俚曲”，经过文人的加工和提高，吸取传统诗词的滋养，更能酣畅地抒情表意，具有丰富的表现力，因而，最终代词而起，成为一种新兴的诗体。在艺术形式上较诗词显得更为自由和灵活。用韵可以平仄通押，不避重韵，可以加衬字，甚至增减字数等。其最大特点是简洁明快、直抒胸臆、诙谐成趣、通俗易懂，故有曲俗之说。散曲包括小令和套曲两种主要形式。小令又称“叶儿”，是单个的曲子；套数又称散套、套曲。散曲按照不同的曲调进行创作。常用的曲调有正宫、中吕宫、南吕宫、仙吕宫、黄钟宫、大石宫调、双调、商调、越调，全称五宫四调，又称九宫；每个曲调都有一个名称，如〔山坡羊〕、〔山仙子〕、〔落梅风〕、〔沉醉东风〕等。

元代散曲风格多样，主要可以分为豪放、清丽两派。豪放派以马致远为代表，清丽派则首推张可久。前期是以豪放本色为主流，清丽之作也有重要地位。后期则以清丽为主，豪放为辅。

元曲的题材广泛，表达的社会内容极其丰富，其中最为人叫绝的是写景、咏史、叹世、归隐以及描写男女情爱和闺怨等内容。这些作品在语言技巧、艺术境界、思想内涵等方面都达到了一定高度，成为这一时期文学的典范，并流传至今，经久不衰。

元曲与唐诗、宋词一样，在我国文学史上盛极一时，各领风骚，是我国古代文化的珍宝。元曲中使用了大量口语乃至方言俗语，如有阳春白雪、高山流水之余音；以泼辣奔放、淋漓尽致为能事，少缠绵婉约、借景生情之韵味，曲调优美，见文如见其人，终在唐诗、宋词之后独树一帜。词山曲海，《元曲三百首》就是从浩瀚的曲海中选出来的精品。

据统计，元散曲作者有名姓可考的多达二百余人，作品现存四千余首。因此本书所遴选元曲，兼顾曲家的代表性与曲作题材的广泛性。入选曲作，以小令为主，兼收套曲。为帮助读者扫除文字障碍，让元曲精品入耳感心，全文注释一律以简约释义为主，兼及出典；曲家介绍，均以生平、成就、影响为主要内容，一般不旁及轶事逸闻；不常见曲牌及有异名曲牌，仅于首次出现时作简要说明。凡俗语、衬字，亦扼要标示，同时还增加了详尽完美的译文、赏析和精美的插图。全书文图并茂，相得益彰，生动形象，饶有趣味，使人们能够细细体会到元曲那直露、戏谑、尖巧、辛辣等极具个性的鲜明特点，从中感悟到元代文人的人生态度和处世哲理，吸取元曲中对于今人可以借鉴和有益的营养成分，求得积极、达观、进取的生活态度。

编　者

2008 年 1 月

目　录

[双调] 拨不断·自叹

王和卿

恰[1]春朝，又秋宵。春花秋月何时了？花到三春[2]颜色消[3]，月过十五光明少。月残花落。

【注释】

〔1〕恰：才，刚刚。

〔2〕三春：春季的三个月。农历正月叫孟春，二月叫仲春，三月叫季春。此处指季春时节。

〔3〕消：消失，减退。

【译文】

春朝刚过，又恰逢秋宵时节。春花秋月，什么时候才是个尽头啊！鲜艳美丽的花儿到了季春时节，色彩逐渐减退。每当十五过后，明月不再显得那么皎洁。月残花落，实在令人伤感不已啊！

【赏析】

作者借对春花秋月的描写，抒发其对当时社会的不满。流露出作者仕途坎坷的思想情调，春花颜消，秋月光少映衬着作者的伤感心理。

[越调] 小桃红·杂咏

盍西村

绿杨堤畔蓼花洲[1]，可爱溪山秀。烟水茫茫晚凉后。捕渔舟，冲开万顷玻璃皱[2]。乱云不收，残霞妆就，一片洞庭秋。

【注释】

〔1〕蓼花洲：长满水草的水中陆地。蓼，一种一年生水草，多生长水边，开淡红或白色的花，可供观赏。

〔2〕玻璃皱：玻璃，这里形容湖水清澈透明。皱，指水面泛起细小波纹。

【译文】

绿杨堤畔开满了蓼花的小洲，可爱的溪山秀丽无比，傍晚烟雾迷茫，无边无际。捕鱼的小舟，冲开万顷平镜般的湖面，水面漾起层层涟漪。散乱的云朵飘洒在空中，天空抹着晚霞的光辉，好一派美丽迷人的洞庭风光。

【赏析】

这首小令，描绘出一幅诱人的洞庭湖秋色。堤畔绿杨随风摇曳，蓼花鲜艳可爱。青山环绕，万顷碧波荡漾，湖面波光点点，长空云朵飘散，落日余晖映成绚丽的彩霞，满目都是可人的秋色。这体现出作者豁达乐观的胸襟和热爱生活、热爱祖国大好河山的思想感情。

[双调] 潘　妃　曲[1]

商　挺

带月披星担惊怕，久立纱窗下，等候他。蓦[2]听得门外地皮儿踏，则道[3]是冤家[4]，原来风动荼蘼架[5]。

【注释】

〔1〕潘妃曲：曲牌名，又名《步步娇》。

〔2〕蓦：突然。

〔3〕则道：只道，只以为。

〔4〕冤家：对意中人的昵称。

〔5〕荼蘼：藤类木本植物，故需搭架，多种于园中观赏。

【译文】

我披星戴月担惊受怕，久久地站立在纱窗下，迫不及待地等候着他。突然听到门外传来嚓嚓的脚步声，只以为是意中人前来赴约，仔细一听，原来是夜风吹动荼蘼架发出的声响。

【赏析】

这首小令，描绘一位少女在星光下，久久站立窗前，焦急地等待着意中人的到来。作者把热恋少女的担心、幻想、惊喜、失望的微妙心理，刻画得惟妙惟肖、生动传神。

[中吕] 喜春来[1] · 春景

胡祗遹

几枝红雪[2]墙头杏，数点青山屋上屏。一春能得几晴明？三月景，宜醉不宜醒。

【注释】

〔1〕喜春来：曲牌名，又名《阳春曲》《惜芳春》。

〔2〕红雪：指盛开的杏花。

【译文】

几枝红杏伸出墙头灿烂地开放，几点青山隐在远处似屋外的屏风。一个春天，难得有几次晴朗。三月迷人的美景，最适宜醉眼观赏而不宜清醒。

【赏析】

这首小令写晴天的春景，如诗如画，表现了作者内心的喜悦与闲适。开头两句写出春景的美丽，所选景色典型集中，句式对仗工整。第三句点出晴天，而以惋叹语气出之，显出作者对生活的热爱，对韶光的珍惜。四、五句借景抒情，“宜醉不宜醒”，看似是封建士大夫消极避世，实际蕴含作者对现实的一种愤激之情。

[正宫] 黑漆弩[1] · 游金山寺

王　恽

苍波万顷孤岑矗[2]，是一片水面上天竺[3]。金鳌头[4]满咽三杯，吸尽江山浓绿。蛟龙虑恐下燃犀，风起浪翻如屋。任夕阳归棹[5]纵横，待偿我平生不足。

【注释】

〔1〕黑漆弩：曲牌名，一名《鹦鹉曲》。

〔2〕岑矗：岑，小而高的山。矗，耸立。因突兀矗立于水面而显很高。

〔3〕天竺：杭州天竺山，山上寺庙颇多而有名。在此以它来比金山。

〔4〕金鳌头：金山最高处有金鳌峰。

〔5〕棹：船桨，代指船。

【译文】

江水碧波万顷，一望无际，远望金山突兀地矗立于水面上，好似天竺山，登上金鳌头满饮三杯，能够吸尽满目碧绿的江山。奇形怪状的蛟龙犹恐点燃的犀角，趁机掀风作浪，波涛滚滚。任凭夕阳斜下，也不管其他船只纷纷掉头而归，仍要勇往直前，继续登临，饱览秀美的山水风光，用来弥补平生观赏江景的不足。

【赏析】

这首曲写金山寺的自然风光，气势雄浑，想像奇特。表现作者因有机会游金山寺，补偿了大半生游赏的缺憾，而值得庆幸的欣慰之情。

[黄钟] 节节高·题洞庭鹿角庙壁

卢　挚

雨晴云散，满江明月[1]。风微浪息，扁舟一叶。
半夜心[2]，三生梦[3]，万里别。闷倚篷窗睡些[4]。

【注释】

〔1〕满江明月：指满湖明月。

〔2〕半夜心：指夜阑人静时产生的离愁别恨。

〔3〕三生梦：原指佛家的前生、今生、来生，此指人生之梦。

〔4〕些：少许，一会儿。

【译文】

雨后天晴乌云消散，皎洁

的月光照射着整个江面。清风徐来，水波不兴，江中荡漾着一叶小舟。此时夜阑人静，愁绪万千，人生如梦，万里别离涌上心头，无法排遣，只好闷倚在篷窗，小睡片刻。

【赏析】

这首小令是作者赴湖南岭南道肃政廉访使任所，路过洞庭鹿角镇时题写在庙壁上的。此曲表现作者舟行洞庭湖中，虽然风微浪息，明月满湖，却百感交集，思绪万端无法排遣的心境。

［双调］沉醉东风·秋景

卢　挚

挂绝壁〔1〕松枯倒倚，落残霞孤鹜〔2〕齐飞。四周不尽山，一望无穷水。散西风满天秋意。夜静云帆月影低〔3〕，载我在潇湘画里。

【注释】

〔1〕绝壁：陡峭的悬崖。

〔2〕鹜：野鸭。

〔3〕月影低：指月亮刚刚升起，月光射向船的投影显得低而长。

【译文】

陡峭的悬崖上，一条松枝如同倒挂在壁上，夕阳西下，天边残留的晚霞好像与野鸭齐飞。四周满眼数不尽的山和那一望无际的水。西风阵阵飘散来满天的秋意。夜阑静寂，月光下，帆影显得低而长，悠悠前进，我仿佛进入了那美丽的潇湘画中。

【赏析】

这首小令是作者任湖南廉访使时所作。它以开阔的视野描绘出一幅诗意盎然的潇湘江野秋色图，抒写了作者闲适的情怀。

[双调] 寿阳曲·答卢疏斋[1]

珠帘秀

山无数，烟万缕，憔悴煞玉堂人物[2]，倚篷窗一身儿活受苦，恨不得随大江东去。

【注释】

〔1〕卢疏斋：即卢挚，疏斋是他的号，至元进士，官至翰林学士承旨，尝与珠帘秀交往。

〔2〕玉堂人物：即卢挚。卢挚曾为翰林学士，宋代以后翰林院常被称为“玉堂”。据说宋太宗在淳化年间，曾赐给翰林院“玉堂之署”四个字，故翰林院又名“玉堂”。

【译文】

无数青山隔断了你我之间的情谊，缕缕青烟犹如纷乱的情丝让人难以割舍，是俊人也被分离的痛苦折磨得形体枯槁，失去了昔日的神采，我只好倚着窗儿注目凝望，恨不得所有的烦恼和痛苦都随江水东流而去！

【赏析】

这首小令是作者为赠答著名散曲作家卢挚而作。表达了自己恋恋不舍的深情和离别的痛苦之情。

[中吕] 山坡羊[1]·叹世

陆草庵

伏低伏[2]弱，装呆装落[3]，是非犹自来着莫[4]。任从他，待如何？天公尚有妨[5]农过，蚕怕雨寒苗怕火。阴，也是错；晴，也是错。

【注释】

〔1〕山坡羊：曲牌名，又名[苏武持节]。

〔2〕伏：通“服”，屈服。
〔3〕落：衰朽。
〔4〕着莫：元人口语，沾惹，纠缠。
〔5〕妨：违背。

【译文】

即使是事事服输，处处装傻，麻烦还会时时纠缠不休。任凭他们摆布，看看又怎样？何况老天尚且还有违背农时的过失呢！蚕怕下雨天寒，禾苗又怕骄阳似火。天阴，是错；天晴，也是过错。

【赏析】

这是一首感慨处世艰难的小令。此曲表面在劝人旷达超脱，实际隐含着对元代社会黑暗无可奈何的哀叹。

［双调］蟾宫曲·咏西湖

奥敦周卿

西湖烟水茫茫，百顷风潭[1]，十里荷香。宜雨宜晴，宜西施淡抹浓妆。尾尾相衔画舫，尽欢声无日不笙簧。春暖花香，岁稔[2]时康。真乃“上有天堂，下有苏杭”。

【注释】

〔1〕百顷风潭：言西湖水域广阔。
〔2〕稔：庄稼成熟，这里指丰收。

【译文】

西湖烟水茫茫，水面广阔。微风过去，碧波荡漾。十里的荷花散发清香。无论晴天还是雨天，景色怡人，就如同西施一样，无论浓妆淡抹，同样妩媚动人。湖面上首尾相接的画船，荡着船桨，到处是欢歌笑语，音乐不断。春暖花香，年年丰收。难怪人们要说：“上有天堂，下有苏杭。”

【赏析】

这是作者咏杭州西湖两首小令中的一首。作品生动地表达了作者对西湖依依不舍的思念之情。

[南吕] 四块玉[1]·别情

关汉卿

自送别，心难舍，一点相思几时绝[2]。凭阑袖拂杨花雪[3]；溪又斜，山又遮，人去也。

【注释】

〔1〕四块玉：曲牌名。

〔2〕几时：何时。

〔3〕凭阑：倚靠着栏杆。杨花雪：指柳絮飘落如雪。宋苏轼词中有“今年春尽，杨花似雪，犹不见还家”。《水龙吟》中有“细看来，不是杨花，点点是离人泪”。

【译文】

依依送别之后，相思之情绵延不绝。独自凭栏，眼前杨花飞落似雪，纵用衣袖拂开杨花，也只见到横斜迂回的溪水空自流淌，情人的身影早已被重重的青山遮断，再也看不见了。

【赏析】

这首小令刻画女子在情人离别后的相思之情，缠绵情意欲断难绝，数点杨花，也如离人之泪，目光所极之处尽是离愁，登高凭栏，怎奈视线被重重山峦遮断，真所谓“平芜尽处是春山，行人更在春山外”。

[南吕] 四块玉·闲适

关汉卿

旧酒投[1]，新醅泼[2]。老瓦盆[3]边笑呵呵。共山僧野叟闲吟和[4]。他出一对鸡，我出一个鹅，闲快活。

【注释】

〔1〕投：酿酒过程中把饭之类投入曲液。此处指再酿旧酒。投，意为酒再酿，一作“没”。

〔2〕新醅：未过滤的新酒。泼：倾倒，指过滤酒。

〔3〕老瓦盆：粗糙的酒器。

〔4〕吟和：（吟诗唱和）和歌吟诗。

【译文】

旧酒已重新酿过，新酒也刚好酿成，用粗瓷大碗开怀畅饮。与山中野叟老僧共同饮酒作诗，唱和诗歌，闲适自得。他准备两只鸡，我拿出一只鹅，凑一顿简单野宴，真是自在快活。

【赏析】

此曲用民间口语，写山乡生活的闲适与悠然自得，自酿酒，自备菜，于乡野中与老僧野叟对饮，唱和诗歌，脱去士大夫的高雅外衣，唯有自然的山情野趣，自在快活。

[双调] 沉醉东风

关汉卿

咫尺[1]的天南地北，霎时间月缺花飞[2]。手执着饯行杯，眼阁着[3]别离泪。刚道得声“保重将息”[4]，痛煞煞[5]教人舍不得。“好去者[6]，望前程万里！”

【注释】

〔1〕咫尺：形容距离很近。

〔2〕月缺花飞：比喻离别。唐温庭筠《和友人伤歌姬》诗：“月缺花残莫怆然，花须终发月终圆。”

〔3〕阁：同“搁”，指眼中含泪。

〔4〕将息：将养、休养。宋·李清照《声声慢》：“乍暖还寒时候，最难将息。”

〔5〕痛煞煞：形容极端痛苦的样子。

〔6〕好去者：一路走好，送别时祝福语。者，是虚词。

【译文】

纵然眼下近在咫尺，但即刻便要南北分离，远隔天涯了，此刻的花好月圆，稍时便是月缺花残。举起酒杯为君饯行，离愁别恨霎时涌上心头，泪水盈满眼眶。刚道一声："珍重"，心下已是肝肠寸断，但纵有万般不舍，也不能牵绊远行人的脚步，唯有说一句："一路走好，祝君前程万里！"

【赏析】

"悲莫悲兮生别离"，由咫尺到天涯，由花好变月残，怎能不让人心伤落泪！此曲描写女子为情人送别的情景，含泪举杯，言语凝噎，心中痛煞万分，但远行的人终须要走，只能收住眼泪，殷切叮嘱，深深祝愿，执着杯，含着泪，道声珍重。一连串的动作、言语，生动地展示了女子依恋、痛楚的复杂情怀。

［双调］大德歌[1]·秋

关汉卿

风飘飘，雨潇潇，便做陈抟睡不着[2]。懊恼伤怀抱[3]，扑簌簌泪点抛。秋蝉儿噪罢寒蛩儿叫[4]，淅零零细雨打芭蕉。

【注释】

〔1〕大德歌：曲牌名。

〔2〕便做：即便是。陈抟：五代宋初的道士，字图南，自号扶摇子，后唐时举进士不第，不满现实而隐居华山，相传他一睡可有百余日不醒。

〔3〕懊恼：懊丧、烦恼。《吴声歌曲》中有叙写青年男女恋爱失败的《懊恼歌》，此处有双关的意思。

〔4〕寒蛩：指秋天的蟋蟀。

【译文】

秋风飒飒，秋雨潇潇，即便有陈抟那样嗜睡的本领也睡不着，辗转反侧，不能入寐，满心的懊恼使得泪水浸湿枕畔。窗外秋蝉噪罢，蟋蟀又鸣，更让人烦乱不堪，心难平静。又兼有细雨敲打着芭蕉一叶又一叶，一声又一声。

【赏析】

秋风秋雨，蝉噪蛩鸣，雨打芭蕉，凄清的秋景衬托女子孤单寂寞，幽怨哀愁，真所谓：秋风秋雨愁煞人。全曲以景切入，又以景结束，首尾呼应，情景相融，一片秋景，一个愁人。

［南吕］一枝花[1]·不伏老

关汉卿

攀出墙朵朵花，折临路枝枝柳[2]。花攀红蕊嫩，柳折翠条柔。浪子风流[3]。凭着我折柳攀花手，直煞得花残柳败休[4]。半生来折柳攀花，一世里眠花卧柳。

〔梁州〕[5]我是个普天下郎君领袖，盖世界浪子班头[6]。愿朱颜不改常依旧，花中消遣，酒内忘忧。分茶攧竹[7]，打马藏阄[8]。通五音六律[9]滑熟，甚闲愁到我心头！伴的是银筝女银台前理银筝笑倚银屏，伴的是玉天仙携玉手并玉肩同登玉楼，伴的是金钗客歌金缕捧金樽满泛金瓯[10]。你道我老也，暂休。占排场风月功名首，更玲珑又剔透[11]，我是个锦阵花营都帅头[12]，曾玩府游州。

〔隔尾〕子弟每是个茅草岗沙土窝初生的兔羔儿乍向围场上走[13]，我是个经笼罩受索网苍翎毛老野鸡蹅踏的阵马儿熟[14]。经了些窝弓冷箭蜡枪头[15]，不曾落人后。恰不道人到中年万事休[16]，我怎肯虚度了春秋。

〔尾〕我是个蒸不烂煮不熟捶不扁炒不爆响珰珰一粒铜豌豆[17]，恁子弟每谁教你钻入他锄不断斫不下解不开顿不脱慢腾腾千层锦套头[18]。我玩的是梁园月，饮的是东京酒，赏的是洛阳花，攀的是章台柳[19]。我也会围棋会蹴鞠会打围会插科会歌舞会吹弹会咽作会吟诗会双陆[20]。你便是落了我牙歪了我嘴瘸了我腿折了我手，天赐与我这几般儿歹症候，尚兀自不肯休[21]。

则除是阎王亲自唤，神鬼自来勾，三魂归地府，七魄丧冥幽[22]。天哪，那其间才不向烟花路儿上走！

【注释】

〔1〕一枝花：曲牌名，也叫《占春魁》。

〔2〕攀、折：都是玩弄的意思。出墙花、临路柳：都是指娼优一类人。

〔3〕浪子风流：即风流浪子，指有才学，不拘礼法，嫖妓寻欢的人。

〔4〕“凭着”二句：指精通攀花折柳。直煞得：直弄得。

〔5〕梁州：曲牌名。亦作《梁州第七》。元人常用《一枝花》、《梁州》后接尾声成套，是普通套式。

〔6〕郎君：妇女对丈夫或恋人的称呼，此处意思与“浪子”相同。盖世界：全世界。班头：首领，头目。

〔7〕分茶：品茶。 攧竹：画竹。攧：跌，早期白话。《百花亭》杂剧第一折里有“撇兰攧竹，写字吟诗”句。

〔8〕打马藏阄：古时的赌博游戏。打马：用五十四枚牙制的圆牌，上面标刻马名，用掷骰子打马牌来决胜负。藏阄：也叫拈阄，每人手中握一纸片或小物件，互相猜测作戏。

〔9〕五音六律：泛指音乐。五音：即宫、商、角、徵、羽五个音阶。六律：即黄钟、大簇、姑洗、蕤宾、夷则、无射，是十二律中的六个阳声律。十二律中的阴声律也叫六吕。

〔10〕银筝女：妓女。与玉天仙金钗客意同。理：调拨。金樽、金瓯：华贵的酒器。金缕：即金缕衣。曲名，唐杜秋娘《金缕衣》诗“劝君莫惜金缕衣，劝君惜取少年时。花开堪折直须折，莫待无花空折枝”。

〔11〕占排场：宋元时称演戏或表演技艺，也叫“做排场”。玲珑剔透：聪明伶俐。

〔12〕锦阵花营：指妓女演员集中的地方。都帅头：总首领。

〔13〕子弟每：子弟们，指嫖客。兔羔儿：比喻没有经验的年轻人。围场：打猎的场所，这里指妓院。

〔14〕经笼罩：指被关进笼里。受索网：被绳索网起来。比喻受过各种磨炼。老野鸡：喻有经验的娼妓老手。 踏踏：践踩，奔走。阵马儿熟：有一套熟练的对付猎人的经验，喻指娼妓经验。阵马：捕捉野兽时骑的猎马。

〔15〕窝弓：暗藏的弩弓。冷箭：暗箭。蜡枪头：打猎的武器。

〔16〕恰不道：偏不管。

〔17〕铜豌豆：元代妓院称老嫖客的暗语。

〔18〕恁：您，你们，多见于早期白话。斫：砍。锦套头：锦绳结成的套子，喻指外美内狠的圈套。

〔19〕梁园：一名兔园。汉梁孝王在开封建的花园，一说故址在今河南商丘。东京：汴京（今开封）。洛阳花：牡丹花，洛阳以产牡丹著名。章台：汉代长安街名，

是娼妓聚居的地方。

〔20〕蹴鞠：古时一种类似今天踢足球的游戏。打围：打猎。插科：谈笑打趣。咽作：唱歌。汤式曲有“咽作处换气偷声使褃（吭）巧”语。双陆：古时类似下棋的一种游戏。

〔21〕歹症候：坏毛病。兀自：还是，仍然。

〔22〕三魂：道家谓人身有三魂，即胎光、爽灵、幽精。七魄：尸狗、伏矢、雀阴、吞贼、非毒、除秽、臭肺。冥幽：地府。则除是：除非是。

【译文】

我采摘那些露出墙头的朵朵娇花，攀折那些垂在路边的条条绿柳，所采的花是蕊红娇嫩，所折的柳是枝翠条柔。我是个惯会拈花惹草的风流浪子，凭着折柳攀花的老道经验，直到弄得花残柳败才罢休。我半辈子就是玩花弄柳，一生一世里与柳花同眠同宿。

〔梁州〕我是全天下最有名气的花花公子、放荡子弟的头头。祝愿那些红颜美色光彩常驻，永远依旧。我要在花朵般的美女中消遣时光，饮佳酿忘忧消愁。我会品茶画竹，善于打马拈阄，精通五音六律，还有什么烦愁会到我心头！整日相伴的是银筝姑娘理筝，画屏前笑语盈盈，或是同玉般的人儿携手并肩共上香楼，或是有穿金戴银的美女唱《金缕曲》，捧着华贵的酒器斟满美酒。你说我老了，应停休这样的生活，其实我是风月场上的头号老手，八面玲珑又剔透。在脂粉堆里是总头领，曾游玩过众多的州州府府。

〔隔尾〕你们这些嫖客，不过是刚从茅草岗、沙土窝里蹿出的兔羔儿，初到风月场上游走。而我已是个经过笼罩、网索等各种磨炼的硬毛老野鸡，对付各种阵势都非常纯熟，经了些暗弓冷箭铁枪，可从来不曾落到别人的后头，我偏不管，什么人到中年就要万事皆休，绝不肯虚度这岁月春秋。

〔尾〕我是个蒸不烂、煮不熟、捶不扁、炒不爆，响当当一粒铜豌豆，娼妓能手，谁叫你们那些年轻的纨绔子弟钻进那锄不断、砍不下、解不开、摆不脱、慢腾腾、好看又狠辣的千层圈套中？我赏玩的是梁园明月，品饮的是东京美酒，赏的是洛阳牡丹花，攀的是长安章台柳，我会围棋、会蹋球、会狩猎、会插科打诨，还会唱歌跳舞、吹拉弹奏、吟诗作赋、下棋博戏。你就是打掉我的牙，拧歪我的嘴，打瘸我的腿，掰断我的手，我还是不能改掉老天爷赐给我的这几样坏毛病。除非是阎王爷亲自传唤，神鬼亲自来勾，让我的三魂归入地府，七魄赴进阴曹。苍天哪，到那时我才有可能不向烟花柳巷的路上走。

【赏析】

由第一人称写来，自我欣赏，自我调侃，语言大胆、泼辣、肆意，用极尽风流放荡之词抗击社会压迫和歧视。但豪言壮语中难掩内心的悲哀。全曲由四支曲子组成，大量使用衬字，使成长句，读来生动活泼，铿锵有力。

[中吕]阳春曲[1]·题情

白　朴

从来好事天生俭[2]，自古瓜儿苦后甜。奶娘催逼紧拘钳[3]，甚是严，越间阻[4]越情忺[5]。

【注释】

〔1〕阳春曲：曲牌名。

〔2〕好事：这里指男女间的爱情。俭：同“险”。《康熙字典》释“俭”字时说：“又与‘险’同。《荀子·国富篇》：‘下疑俗俭’，注‘俭’读为‘险’。”

〔3〕拘钳：拘束，用强力加以控制。奶娘：乳母，一解为亲娘。

〔4〕间阻：从中作梗，横加阻拦。

〔5〕忺：合意、适意。唐韦应物《寄二严诗》：“适竹久已懒，今日遇君忺。”

【译文】

好事从来都是要经过千难万险的磨炼，瓜儿总是要经历苦露严霜才能变香甜，奶娘催逼得紧，管束得严厉，但是她越从中横加阻拦棒打鸳鸯，我与心上人的情意越热烈缠绵。

【赏析】

好事多磨，愈挫愈坚。这是一首追求爱情自由的自白书，为了幸福而敢于藐视封建礼教的束缚，语言泼辣质朴，感情热烈真挚，有着民歌情调。

[越调]天净沙·秋

白　朴

孤村落日残霞[1]，轻烟老树寒鸦[2]，一点飞鸿影下[3]。青山绿水，白草红叶黄花[4]。

【注释】

〔1〕残霞：晚霞。

〔2〕轻烟：淡淡的烟雾，此指暮霭。寒鸦：秋天的乌鸦。

〔3〕飞鸿：南飞的鸿雁。

〔4〕白草：枯草。《汉书·西域传》颜师古注："白草似莠而细，无茎，其于熟时正白色，牛马所嗜也。"黄花：即菊花。《礼记·月令》："鞠（菊）有黄华（花）。"

【译文】

夕阳西下，晚霞残褪，小小的村庄在落日的余晖中静默着，轻烟袅袅，老树无语，数点寒鸦归巢而栖。一只飞雁的剪影掠过天空，转眼远去，举目四望，青山绿水，满目皆是白的草、红的叶、黄的菊花。

【赏析】

"自古逢秋悲寂寥"，此曲却从前面的凄清冷寂中摆脱出来，除残霞寒鸦之外，还看到青山绿水，红叶黄花。冷暖相间，写出秋天的美好可爱。不落俗套，清新隽永，有词的韵味。

[双调] 沉醉东风·渔夫

白　朴

黄芦岸白蘋渡口〔1〕，绿杨堤红蓼滩头〔2〕。虽无刎颈交〔3〕，却有忘机友〔4〕。点秋江白鹭沙鸥〔5〕。傲杀人间万户侯〔6〕，不识字烟波钓叟〔7〕！

【注释】

〔1〕白蘋:生长在水中的一种草。梁柳恽《江南曲》："汀洲采白蘋，日暖江南春。"

〔2〕"绿杨"句：宋僧仲殊《南柯子》词："绿杨堤畔问荷花。"红蓼：生长在水边的一种草，又名水红，开淡红色花。宋秦观《满庭芳》词："红蓼花繁，黄芦叶乱，夜深玉露初零。"

〔3〕刎颈交：生死之交。典出《史记·廉颇蔺相如列传》："卒相与欢，为刎颈之交。"

〔4〕忘机友：《列子·黄帝》言："忘机之人狎鸥鸟而不惊。"忘机友指淡泊宁静，没有世俗狡诈心机的朋友。

〔5〕白鹭沙鸥：水鸟名。实指上文的"忘机友"。

〔6〕万户侯：食邑万户的侯爵。《战国策·齐四》：“令曰：‘有能得齐王头者，封万户侯。’”此泛指达官贵人。

〔7〕烟波钓叟：江上的钓鱼翁。《新唐书·张志和传》：“以亲既丧，不复仕，居江湖，自称烟波钓徒。”后有用作隐居为渔人者的代称。

【译文】

岸边铺满黄芦，渡口漂浮着白蘋，青青的绿杨垂立在堤坎，红蓼花摇曳在滩头，渔人便在这宁静阔远的地方垂钓，虽然他没有生死患难的刎颈之交，但却有忘却世俗巧诈心机的朋友，那就是秋江水上点点的白鹭和沙鸥。这老渔翁，不识字，不读书，但却可以笑傲、鄙视那些人世间所谓的达官显贵。在那烟波浩渺的江边独自垂钓多么怡然自得、悠闲自在！

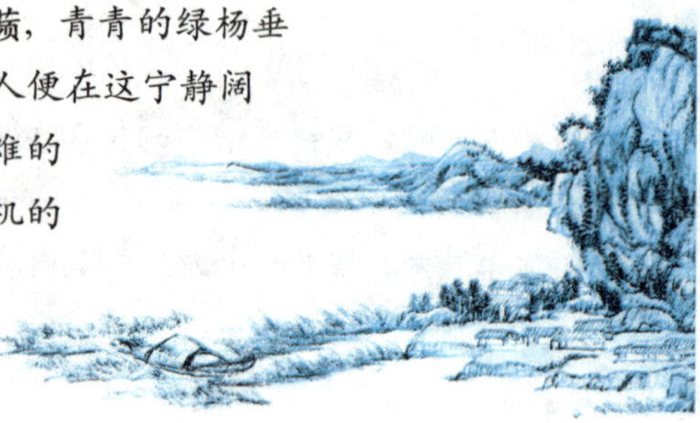

【赏析】

小令题为咏“渔夫”，含归隐之意。社会黑暗，世俗险恶，作者心力疲惫，构想出一幅理想的与世无争、宁静淡泊的老翁垂钓图。“人生痛苦识字始”，饱读诗书，还不如目不识丁的江上渔翁逍遥自在。曲风俊逸，语言清明，写景如画。

[双调] 庆　东　原[1]

白　朴

忘忧草[2]，含笑花[3]，劝君闻早冠宜挂[4]。那里也能言陆贾[5]？那里也良谋子牙[6]？那里也豪气张华[7]？千古是非心，一夕渔樵话。

【注释】

〔1〕庆东原：曲牌名，又名《郓城春》。

〔2〕忘忧草：又名萱草。据说其嫩苗可食，食后使人昏然如酒醉，故有忘忧之名。

〔3〕含笑花：据清《植物名实图考》三十载：“含笑花生广东，花如兰，开时常不满，若含笑然。”《扪虱新语》卷十五详述此花：“月西入稍阴则花开，初开香尤扑鼻。”

〔4〕闻早：趁早。冠宜挂：宜挂冠。

〔5〕那里也：衬字，意思是到哪里去了，如今安在？陆贾：汉高祖刘邦的谋士。西汉初年人，颇有辩才，曾随汉高祖刘邦平定天下，游说南越尉赵佗归汉，故称“能言陆贾”。

〔6〕子牙：即姜尚。姜姓，吕氏，名望，周朝人，又称“太公”，“尚父”。有谋略，辅周文王理平政事，辅佐周武王伐纣灭殷，平定天下，是有名的谋臣，故称“良谋子牙”。

〔7〕张华：西晋人，字茂先，博学能文，曾作《鷦鷯赋》，自喻豪气。晋武帝时为中书令，曾力劝武帝伐吴。阮籍见时，叹为王佐之才（见《晋书》本传）。

【译文】

草有忘忧草，花有含笑花。而人世烦恼无数，又何以能忘愁解忧？劝君不如趁早辞官归隐，远离这官场世事的纷繁尘嚣。纵是当年的陆贾能言善辩，子牙足智多谋，张华豪气纵横，而如今这些人又在哪里？恐怕早已淹没于历史的洪流中吧。千古的是非曲直、豪迈风流，不过只是渔人樵夫们一朝一夕的闲话。

【赏析】

本曲是白朴的一首叹世之作，否定功名仕途，劝人挂冠归隐，历史上的众多风流人物，即使曾经扬名，也经不住时光的淘洗、磨炼，多年之后，所谓的风流，不过成为后人的谈资闲话，既然如此，作者言“不如归去”。这支小曲旷达洒脱，言笑自若，表现出一种无是无非的超然豁达，但背后仍藏着难言的沉重。

［双调］得　胜　乐[1]

白　朴

红日晚，残霞在，秋水共长天一色[2]。寒雁儿呀呀的天外[3]，怎生不捎带个字儿来？

【注释】

〔1〕得胜乐：曲牌名，用于散曲小令。

〔2〕“秋水”句：唐代王勃《滕王阁序》中句：“落霞与孤鹜齐飞，秋水共长天一色。”这里是借用。

〔3〕寒雁：秋天南飞的大雁，古有大雁传书之说。

【译文】

落日西斜，晚霞燃烧了半个天空，而长天的尽头处是水天相接，满江的秋水被映染得绚丽夺目，一行大雁飞来，又鸣叫着向天边飞去，为何这雁儿能留声，却不为我捎带半点远方的音讯来？

【赏析】

这首小令是怀人思远之作，红日晚照，满天的落霞映染着满江的秋水，如此壮美的景色，忽有大雁飞来，又转眼远去，虽然雁过留声，但却未曾带来半点远方人的音讯，不由心生懊恼，责怪起雁儿来，这一嗔一恼，将闺妇思人的微妙情思全部细致地刻画出来。

[中吕] 满　庭　芳[1]

姚　燧

天风海涛，昔人曾此，酒圣诗豪[2]。我到此闲登眺，日远天高[3]。山接水茫茫渺渺，水连天隐隐迢迢，供吟啸[4]，功名事了，不待老僧招。

【注释】

〔1〕满庭芳：曲牌名，又名《满庭霜》，中吕宫中常用曲牌。

〔2〕酒圣诗豪：指文人骚客饮酒赋诗，抒发豪情。

〔3〕日远天高：日远，语出“日远长安近”。据《晋书·明帝纪》：晋明帝年少聪颖。一日，坐元帝膝前，有客从长安来，因问明帝：“汝谓日与长安孰远？”答曰：“长安近。不闻‘人从日边来’？”翌日宴群臣，又问之，答曰：“日近。”元帝惊问：“何乃异闻者之言乎？”答曰：“举目则见日，不见长安。”天高：杜甫诗：“天意高难问，人情老易悲。”这里用“日远天高”，含有向往朝廷而不能实现愿望之意。此时作者正外放为官，“日远天高”是眼前景，又隐含心中事。

〔4〕吟啸：一作“吟笑”。

【译文】

海风怒吼呼啸，掀起滔天大浪。古往今来，有多少文人骚客在此登临，饮酒作赋，指点江山，抒豪情万丈，而今我也闲来此登高远望，真是天高日远茫莽苍苍，只见山与水相接，山茫水渺，水与天相连，水阔天远。面对这壮观辽阔的美景赋诗吟啸，所有的功名利禄统统都可以抛弃，若退隐归居，也就不必等待老僧前来引领召唤。

【赏析】

此曲是作者被外放江东廉访使时所作，海天辽阔，山水茫茫触景生情，引出归隐之意，发出“日远天高”的慨叹，曲中不无淡淡哀怨忧愁。

[中吕] 醉高歌〔1〕·感怀

姚　燧

十年燕月歌声〔2〕，几点吴霜鬓影〔3〕。西风吹起鲈鱼兴〔4〕，已在桑榆暮景〔5〕。

【注释】

〔1〕醉高歌：曲牌名。中吕宫中常用曲牌。

〔2〕十年：虚指，言其很多年。燕月歌声：作者姚燧曾任翰林学士等职，在京城大都（今北京，旧属燕地）多年，常听歌舞作乐。

〔3〕吴霜鬓影：作者六十多岁时曾出任江东廉访使，经几年吴地的风霜，又鬓添白发，指自己年老。引用李贺诗《还自会稽吟》：“吴霜点归鬓，身与塘蒲晚。”

〔4〕“西风”句：用晋张翰见秋风起思家的故事。张翰是吴郡人，曾在洛阳做官，一日见秋风起，忽想起家乡的莼菜和鲈鱼，便辞官回乡，并说：“人生贵适志，何能羁宦数千里，以要名爵乎？”（出于《晋书·张翰传》）

〔5〕桑榆暮景：比喻晚年。《后汉书·冯异传》：“失之东隅，收之桑榆。”东隅：指日出处。桑榆，日落处。唐刘禹锡诗：“莫道桑榆晚，为霞尚满天。”

【译文】

多年在京城为官，日日笙歌宴舞，夜夜品酒赏月，生活多么闲适悠哉！而今来吴地数载，历经风霜，两鬓斑白，垂垂老矣。秋风乍起，吹起退隐之念，想晋人张翰见秋风而思家，毅然辞官而去，自己已是暮年，也早该是告别官海，回归故里的时候了。

【赏析】

多年宦海沉浮，身心已疲累不堪，故西风起而生归隐心，语言凝练，感情真挚。

[越调] 凭阑人·寄征衣[1]

姚 燧

欲寄君衣君不还，不寄君衣君又寒。寄与不寄间，妾身千万难[2]。

【注释】

〔1〕征衣：远行在外者的衣服，或戍守边疆的征人衣服。唐许浑《塞下曲》：“朝来有乡信，犹自寄征衣。”

〔2〕妾身：古代妇女自称。

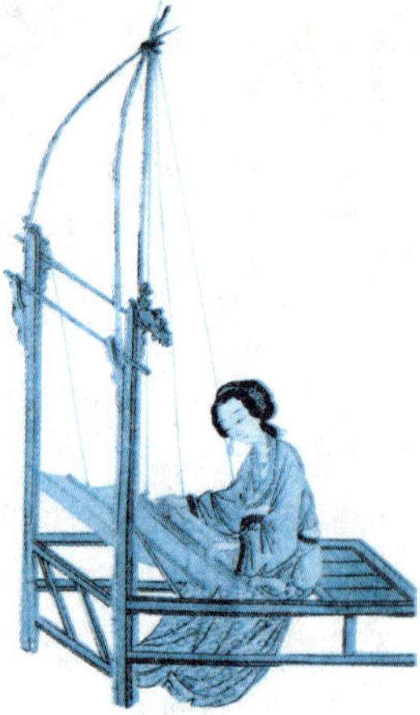

【译文】

本打算为君寄去御寒冬衣，又怕你穿得暖和便忘了还家。但若不寄棉衣给你，又怕你在外挨寒受冷。踌躇、彷徨在寄与不寄间的矛盾之中，我心里有千般疑惑和万般的挂念，忧思难以排遣。

【赏析】

寄与不寄，反复踟蹰，思念、关切与隐忧夹杂交织在一起，实难抉择，短短几语将闺妇怀夫的复杂心境及情状描画得入木三分，微妙入理。其情可谓体贴温存，又缠绵悱恻。

[正宫] 黑漆弩[1]·村居遣兴

刘敏中

长巾阔领深村住[2]，不识我唤作伧父[3]。掩白纱翠竹柴门，听彻秋来夜雨。闲将得失思量，往事水流东去。便宜教画却凌烟[4]，甚是功名了处[5]？

【注释】

〔1〕黑漆弩：曲牌名，又名《鹦鹉曲》。

〔2〕长巾阔领：指隐士的简朴衣着。巾，为古代平民戴的便帽。阔领：白领的上衣，平民便服。深村：僻远乡村。长，一作“高”。

〔3〕伧父：一作“伧夫”，指粗野、鄙陋的人。伧：粗野。

〔4〕凌烟：即凌烟阁。

〔5〕甚是：果真是。了处：了却，结束处。

【译文】

着普通长巾，穿简单布衣，深居于偏僻的乡村。不认识我的人都把我看作乡野粗夫，而我自己关起柴门来逍遥自在。柴门外，白沙环绕，青竹掩映；柴门里，听尽夜夜秋雨，声声到天明。闲来时将人生的功过得失细细思量，往事皆随流水，转头成空，即使博取功名利禄，将画像标榜在凌烟阁上，难道那就是名利的了却之处吗？

【赏析】

这首小令是作者弹劾权贵未果而愤然辞官回乡后所作，虽是甘居乡里，但日掩柴门，夜听秋雨，难掩心中不平，待听尽夜夜雨声，思量得失，往事都如流水，所谓功名也就毫无价值。

［双调］雁儿落过得胜令〔1〕

庾天锡

从他绿鬓斑，攲枕白石烂〔2〕。回头红日晚，满目青山矸〔3〕。翠立数峰寒，碧锁暮云间。媚景春前赏，晴岚雨后看〔4〕。开颜，玉盏金波满。狼山，人生相会难。

【注释】

〔1〕雁儿落：曲牌名。

〔2〕从他：任人。攲：倾斜，倚靠。“从他”两句：任凭他黑发变斑白，我倚石枕高卧，直睡到白石穿。

〔3〕“青山矸”句：意思是满目青山，分外明净。矸：煤中石块。这里指山石白净的样子。

〔4〕岚：山中雾气。

【译文】

任凭满头黑发变成两鬓斑白，我枕着山中的白石慵懒入睡，直睡到日斜时晚，白石枕穿。醒来回首，晚霞映满天空，满目的青山起伏叠落，明净无瑕。峭峰壁立，苍翠的山色犹带着寒意，暮云缭绕，碧绿的群山愈显得青湛。春天尚未来临，山中的景致便是明媚鲜妍，若再来一场雨，那山林云气，则是异常的晴丽绚烂。如此山情水意，怎不让人抒意开怀，把酒问盏，而在这狼山幽深之地，朋友难得相会，怎能不纵情畅饮，一醉方休？

【赏析】

此曲写隐逸的高情雅兴。山中胜景，明媚鲜丽，意境幽美，深情的描绘，体现隐者遗世独立的情怀。尾写与友相会，难忘人间真情，一语“人生相会难”，韵味悠长。

［双调］天净沙·秋思

马致远

枯藤老树昏鸦[1]，小桥流水人家，古道西风瘦马[2]。夕阳西下，断肠人在天涯[3]。

【注释】

〔1〕昏鸦：黄昏时归巢的乌鸦。

〔2〕古道：古老的大道。

〔3〕断肠：愁肠寸断，形容悲痛到极点。

【译文】

深秋的傍晚，古道旁老树几立，枯藤缠绕，数点归鸦飞来，觅树而栖。不远处，有潺潺流水，上架一座小桥，桥对面隐现出几户人家，但那家不是我家，眼下西风又紧，苍凉的大道显得荒寞寂寥，瘦马已疲惫无力，夕阳已向西山坠下，而悲伤的游子仍要继续漂泊，漫无目的在天涯流浪，流浪……

【赏析】

寥寥几笔，写尽孤独寂寞，道尽天涯游子的心境，堪称绝唱。

[南吕] 金　字　经

马致远

夜来西风里，九天雕鹗飞[1]。困煞中原一布衣[2]。悲，故人知未知？登楼意[3]，恨无上天梯[4]！

【注释】

〔1〕九天：古代传说天有九重，九天是最高的一层。“九天”又可借指朝廷。王维《早朝》诗：“九天阊阖开宫殿，万国衣冠拜冕旒。”雕：猛禽，也叫鹫。鹗：俗名鱼鹰。雕鹗：喻作者胸怀鹏飞万里的远大志向。这里指朝中掌握生杀予夺大权的权贵。

〔2〕布衣：没有做官的读书人，未得功名的平民。作者代指自己。中原：一般指黄河中下游地区，相对周边少数民族地区而言，亦含有中国和汉族之意。金李汾《下篇》诗：“学剑攻书事两违，回首三十四年非。东风万里衡门下，依旧中原一布衣。”

〔3〕登楼意：用汉末文士王粲登楼作赋典故。王粲因避董卓之乱，离开中原，投奔荆州刺史刘表，不被重用，登上当阳楼作《登楼赋》，抒发怀才不遇和思乡之情。这里亦含此意。

〔4〕上天梯：进取，上进的阶梯。宋范成大《奠唐少梁晋仲兄弟墓下》：“青云何处用丹梯。”此处指为官之路。

【译文】

夜里西风劲吹，我梦见自己化作大鹏在九天上振翅高飞，然而醒来，发现自己仍是一介布衣草民，困于中原，穷愁潦倒。可悲啊可悲！故友亲朋们知不知道，纵然我心有无限登楼之意，但可恨没有上天的进取阶梯。

【赏析】

感叹沦落，怀才不遇之作，一个“恨”字道出心中激愤和无奈，有施展抱负之心，但无入仕从政之门，越是追求，越是失望，也越是悲愤。此曲情调高亢激昂，悲壮沉郁，强烈地直抒胸臆，情感起伏，富于章法的变化。

[南吕] 四块玉·马嵬坡[1]

马致远

睡海棠[2]，春将晚，恨不得明皇掌中看。霓裳便是中原乱[3]。不因这玉环[4]，引起那禄山[5]，怎知蜀道难[6]！

【注释】

〔1〕马嵬坡：又名马嵬驿，在今陕西省兴平市西北，安史之乱时，唐玄宗李隆基仓皇出逃，途经马嵬坡，为平息六军兵谏，在此处赐杨贵妃自缢。

〔2〕睡海棠：以花喻人，形容杨贵妃的美艳动人。据《太真外传》载："上皇登沉香亭，诏太真妃子，妃子时卯醉未醒，命力士从侍儿扶掖而至。妃子醉颜残妆，鬓乱钗横，不能再拜。上皇笑曰：'岂是妃子醉，真乃海棠睡未足耳。'"

〔3〕霓裳：指舞曲《霓裳羽衣曲》，又名《婆罗门曲》。据《新唐书·礼乐志》载，为河西节度使杨敬忠敬献。传说杨贵妃擅长此舞。乱，一作"患"。

〔4〕玉环：杨贵妃小名为玉环。

〔5〕禄山：即安禄山，此指"安史之乱"。

〔6〕怎知蜀道难：指唐明皇逃往四川，躲避战乱。

【译文】

那集万千宠爱于一身的杨贵妃，其醉后的娇容憨态，有如暮春时节的睡海棠一般，妩媚动人，玄宗皇帝恨不得把她当做掌上明珠，百看不厌。然而就是"霓裳羽衣"的精彩绝伦，贵妃的曼舞身姿，最终成为中原战乱的祸端。若不是因为有了这样一位羞花闭月的杨玉环，引起了祸患中原的安史之乱，明皇又怎么会逃往四川，而知道"蜀道难，难于上青天"呢！

【赏析】

小令以史鉴今，虽未改"女人是祸水"的传统偏见，但对主要人物"明皇"不无讽刺，"恨不得"一词言明皇帝的荒淫无道，只是处于封建社会，囿于忠君思想，不得不维护一个皇帝的面子罢了。

[双调] 蟾宫曲[1] · 叹世

马致远

咸阳百二山河[2]，两字功名，几阵干戈。项废东吴[3]，刘兴西蜀[4]，梦说南柯[5]。韩信功兀的般证果[6]，蒯通言那里是风魔[7]？成也萧何，败也萧何[8]，醉了由他。

【注释】

〔1〕蟾宫曲：曲牌名，又名《折桂令》。

〔2〕咸阳：战国时秦国首都，在今陕西咸阳市东北。百二山河：言山河险固，能以少胜多。

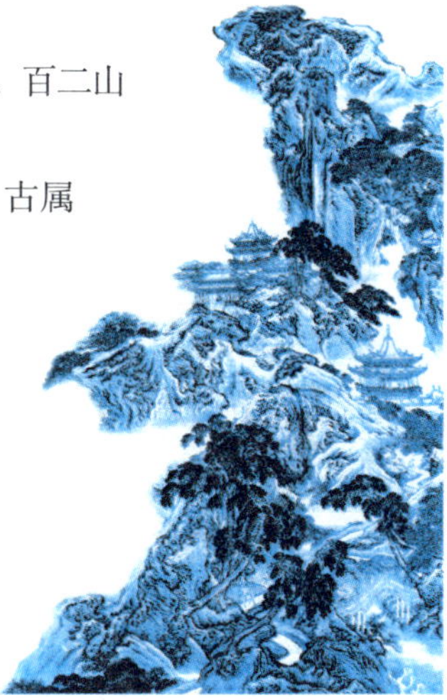

〔3〕项废东吴：指项羽兵败，自刎于乌江。乌江，古属东吴，在今安徽和县东北。另一说指项羽与叔父项梁叔侄二人在吴杀会稽郡首而起义，会稽郡治在吴，历来泛指东吴。项羽：前232—前202，秦亡后自立为“西楚霸王”。

〔4〕刘：刘邦（前247—前195），前206年率军攻占咸阳，推翻秦朝统治，入关后，被封为汉王，占巴蜀、汉中之地。后战胜项羽，建立汉朝。

〔5〕南柯：唐李公佐所作传奇《南柯太守传》，叙述淳于棼一次醉酒后，梦到自己到了大槐安国，做了南柯郡二十年太守，享尽荣华富贵，醒来才知是一场大梦。所谓“大槐安国”，原来就是宅南大槐树下的蚁穴。这里是感叹项、刘的兴亡成败都不过是一场梦罢了。

〔6〕韩信：汉初将领，淮阴人。初从项羽，后归汉，辅佐汉高祖刘邦平定天下，立为楚王，后被告谋反，降为淮阴侯，后为吕后所杀。兀的般：这样，这般。证果：佛家语，指修道得成正果。

〔7〕蒯通：即蒯彻，秦末汉初人，当时著名的辩士。他曾借相术对韩信说：“相君之面，不过封侯；相君之背，贵不可言。”劝韩信背汉自立，韩不听。蒯通则从此装疯避祸。后来韩信果被吕后所杀，他临死叹道：“悔不听蒯彻之言，死于女子之手。”

〔8〕“成也萧何”句：萧何，汉初大臣，楚汉相争中，把韩信极力推荐给刘邦，让韩信建功立业的是萧何；后与吕后共谋，献计诛杀韩信的也是萧何，故有“成也萧何，败也萧何”之语。

【译文】

咸阳山河险固，据守此地可以二当百，但为了“功名”二字，多少人在这里屡兴兵事，几起干戈。项羽兵败自刎乌江，刘邦起兵兴盛西蜀，成败兴亡都不过是南柯一梦罢了。韩信立下盖世战功，却落得个被诬谋反，身死未央宫的结果，蒯彻说的是真话，又怎么是疯言乱语；成事的是萧何，败事的也是萧何，世事纷争，人心叵测，我且饮酒买醉，什么是非功过都统统由他去吧。

【赏析】

小令写历史的改朝易代，帝王的兴衰成败，及人间的是非恩怨，披露社会黑暗，强烈否定现实，发出世道无常，人生如梦的喟叹，这是作者历经坎坷后对现实不满的一种愤然发泄，进而叹世伤世的人生感悟。

［双调］寿阳曲·远浦帆归〔1〕

马致远

夕阳下，酒旆闲〔2〕，两三航未曾着岸〔3〕。落花水香茅舍晚，断桥头卖鱼人散。

【注释】

〔1〕浦：水边或河流入海处。

〔2〕酒旆：酒旗，是挂在酒店门前招徕顾客的酒幌子。

〔3〕航：船只，归来的船，动词作名词用。

【译文】

夕阳西斜，小镇上酒店的旗子悠闲地随风摆动，江面上，几只小船漂荡着，将要归岸。江水闲静流淌，点点落花随着流水漂游流荡，流水恋着落花浸染花的香气。几间茅竹篱舍沉浸在暮霭之中，断桥头上，人声渐息，卖鱼买鱼的人都渐渐离散，留下空空的桥头无语立于斜阳。

【赏析】

全曲写江边小镇渔民的恬淡生活，宁静的江村风光。充满诗情画意，闲适淡雅。

[般涉调] 耍孩儿[1]·借马

马致远

近来时买得匹蒲梢骑[2]，气命儿般看承爱惜[3]。逐宵上草料数十番，喂饲得膘息胖肥[4]。但有些秽污却早忙刷洗，微有些辛勤便下骑。有那等无知辈，出言要借，对面难推。

〔七煞〕

懒设设牵下槽，意迟迟背后随[5]，气忿忿懒把鞍来鞴[6]。我沉吟了半晌语不语，不晓事颓人知不知[7]？他又不是不精细，道不得：他人弓莫挽，他人马休骑[8]。

〔六煞〕

不骑呵西棚下凉处拴，骑时节拣地皮平处骑。将青青嫩草频频的喂。歇时节肚带松松放，怕坐的困尻包儿款款移[9]。勤觑着鞍和辔[10]，牢踏着宝镫，前口儿休提[11]。

〔五煞〕

饥时节喂些草，渴时节饮些水。着皮肤休使粗毡屈，三山骨休使鞭来打[12]，砖瓦上休教稳着蹄[13]。有口话你明明的记：饱时休走，饮了休驰。

〔四煞〕

抛粪时教干处抛，尿绰时教净处尿[14]。拴时节拣个牢固桩橛上系。路途上休要踏砖块，过水处不教践起泥。这马知人义，似云长赤兔，如翼德乌骓[15]。

〔三煞〕

有汗时休去檐下拴，渲时休教侵着颓[16]。软煮料草铡底细。上坡时款把身来耸，下坡时休教走得疾，休道人忒寒碎[17]，休教鞭颩着马眼，休教鞭擦损毛衣[18]。

〔二煞〕

不借时恶了兄弟[19]，不借时反了面皮。马儿行嘱咐叮咛记：鞍心马户将伊打，刷子去刀莫作疑[20]。则叹的一声长吁气，哀哀怨怨，切切悲悲。

〔一煞〕

早晨间借与他，日平西盼望你。倚门专等来家内。柔肠寸寸因他断，侧耳频频听你嘶。道一声“好去”[21]，早两泪双垂。

〔尾〕

没道理没道理，忒下的忒下的[22]。“恰才说来的话君专记，一口气不违借与了你。”[23]。

【注释】

〔1〕般涉调：宫调名。耍孩儿：曲牌名，又名《魔合罗》。

〔2〕蒲梢：古良马名，这里泛指良马。传说汉武帝征大宛，得千里马，因马尾像蒲草叶梢而得名。骑：这里作名词，马的意思。

〔3〕“气命儿”句：像性命一般看待爱惜。气命儿：性命。看承：看待。

〔4〕逐宵：每夜。膘息胖肥：指膘肥体胖。息：本意是滋生繁育，引申为增长。

〔5〕懒设设：懒洋洋。意迟迟：同懒洋洋，慢腾腾。

〔6〕鞴：备，即给马套上鞍子。

〔7〕语不语：想说又不说。颓人：骂人的话，相当于“坏蛋”。这两句是说我沉思了半天，想开口又不好开口，那不懂事的家伙知不知道不应向我借马。

〔8〕道不得：亦作道不的，岂不闻说，常言道。

〔9〕“怕坐”句：意思是怕坐累了，屁股要慢慢地移动。尻包儿：骑马人的屁股。

〔10〕辔：马络头，马缰绳。

〔11〕前口儿：马嚼子。

〔12〕三山骨：后脑骨，一说指马肋骨，也有说是指马背上隆起的脊骨或马屁股上的骨骼。

〔13〕稳着蹄：歪着蹄。稳：北方口语，似“歪”。

〔14〕尿绰：一作“绰尿”，撒尿。

〔15〕云长赤兔：这马像关长骑的赤兔马。云长：三国时蜀国大将关羽的字。赤兔：良马名。翼德乌骓：这马像张飞骑的乌骓马。翼德：张飞的字。乌骓：良马名。

〔16〕“渲时”句：意思是给马洗刷时不要碰着它的生殖器。渲：用水洗。颓：此指马的生殖器。

〔17〕“休道”句：意思是不要说我太寒酸，说话琐碎。忒：太，甚。

〔18〕彫：挥击。毛衣：马的皮毛。

〔19〕恶：得罪。

〔20〕“鞍心”二句：这是当时勾栏里的行话，隐话。叫作“拆白道字”。是把一个字拆开来说，合起来是一个字。“马户”合起来是“驴”字，“刷子去刀”是“吊”字，“驴吊”是骂人的话。鞍心：偕音，安心，成心。

〔21〕道一声“好去”：愿你一路平安。好去：送别的话，犹今言“好走”，有“一路平安”的意思。

〔22〕忒下的：太下得了狠心。

〔23〕一口气不违：毫不犹豫。这句是说我可一个“不”字没说就把马借给你了，言下之意是，你得按我的要求去办。

【译文】

近来买了匹宝马良驹，我像爱惜自己性命般地照看它，每夜里给它喂几十次草料，把它养得骠肥体壮。马身上一有点灰尘，就急忙给它刷洗，它稍微累了，便赶快下来，舍不得再骑。可偏有些不知趣的人，张口就说借马，我心里一百个不乐意，但当着面，又不好直接拒绝推辞。

懒洋洋地牵马出槽，慢腾腾地背后相随，愤愤然地准备马鞍。我思前又虑后，支吾又沉吟，不知道那不懂事的家伙知不知道不该向我借马。他又不是不精明仔细，怎么会没听说：“别人的弓不能挽，他人的马莫要骑！”

既然你要借，就得听仔细。不骑时要把马拴在阴凉处，骑马时要选择平坦的路面骑。不时地给它喂些青草，休息时把肚带放松，在马上坐累了要轻轻地挪移。勤看着，笼头马鞍，牢牢地踏上马镫，不要狠劲地把马嚼子勒提。

马饿了及时喂它草，马渴了赶快饮些水，不要让粗毡子卷曲磨伤了马皮，千万不能抽打马的屁股，莫要让马儿在砖瓦上歪了蹄。有句话你得牢牢地铭记：吃饱时不能奔跑，饮水后不要驰疾。

马的吃喝要管好，马的拉撒也要周到，拉粪时让它在干燥处拉，撒尿时让它在干净地撒。连拴马的桩橛也要看牢靠。路上别让马踏着砖块，践着水泥。我这马儿通晓人性，知情知义，如同关云长的赤兔马，张翼德的宝乌骓。

马出汗时不要拴在屋檐下，给马洗刷时不要碰到它的生殖器，草料要煮软铡碎细。上坡时缓缓把身子挺起，下坡时不要赶得太疾。不要说我太琐碎寒酸，我这马可是万里挑一。千万别让鞭子伤着马眼，擦破马的毛皮。

兄弟一场，不借给他马怕伤了和气。马儿呀我细细地叮嘱你：安心坐在你背上把你打的人，肯定是那个鸟人，不用怀疑，可是我只能长叹一声，眼看着他拉你离去，留下我哀哀怨怨，悲悲又戚戚。

早晨刚把马借给他，傍晚我就会焦急地盼着你。倚着门，不错眼珠地盯着，等你回家里。你还没走，我心下就有万般不舍，寸寸柔肠因你痛断，频频侧耳听你鸣嘶。道一声："一路走好。"泪珠儿就断线似地垂滴。

我这般愁肠百结，你老兄太没道理，这么狠心把我的马儿借去。刚才那些话你可得牢记，我可是一个"不"字都没说，就把我心爱的宝马借给了你。

【赏析】

运用夸张的手法，描画了一位爱马如命的吝啬鬼。马像他的儿女，又似他的情人，好像别人借了去，就是挖了他的心，剜了他的肉一般，这千叮咛万嘱咐，反复唠叨，将人物的心理情态刻画得淋漓尽致，惟妙惟肖。此曲语言生动活泼，幽默诙谐，读来令人捧腹绝倒。

[仙吕] 后　庭　花[1]

赵孟頫

清溪一叶舟，芙蓉两岸秋。采菱谁家女，歌声起暮鸥[2]。乱云愁，满头风雨，戴荷叶归去休[3]。

【注释】

〔1〕后庭花：曲牌名。

〔2〕暮鸥：向暮栖息的沙鸥。

〔3〕休：语气助词，相当于"吧"。

【译文】

河水清澈，涓然东流，荷花丛里，漂出一叶轻舟。田田的荷叶，出水的芙蓉，装点着河堤两岸的清秋。不知是谁家的女儿在泛舟采菱，她那悠扬清脆的歌声，惊起河滩上栖息的水鸟白鸥。忽然，乌云密布，急雨直下，骤来的风雨浇了人满头，那采菱人匆忙摘了片荷叶，顶在头上，划桨而去，独留河上雨落点点愁。

【赏析】

两岸夹清溪，芙蓉新出水，好一幅优美淡雅水乡图。但清歌忽发，暮鸥惊起，画面由静转动，后又骤雨袭来，人忙雨乱，尽成水天茫茫，真是静中出动，动则皆乱。此曲纯然写景，景如画描，画随景活，情韵悠然不尽，极富水乡风味。

[中吕] 十二月过尧民歌[1]·别情

王实甫

自别后遥山隐隐，更那堪远水粼粼。见杨柳飞棉滚滚，对桃花醉脸醺醺[2]。透内阁香风阵阵，掩重门暮雨纷纷。怕黄昏忽地又黄昏，不销魂怎地不销魂！新啼痕压旧啼痕，断肠人忆断肠人。今春香肌瘦几分，裙带宽三寸[3]。

【注释】

〔1〕十二月：曲牌名，共六句，此曲与［尧民歌］合为带过曲。

〔2〕“对桃花”句：看到盛开的桃花就像喝醉酒的红红的美人脸。

〔3〕“香肌”两句：是说因思念而消瘦，连衣带都宽了许多。裙带：即缕带、衣带。《古诗十九首》：“相去日已远，衣带日已缓。”柳永《蝶恋花》：“衣带渐宽终不悔，为伊消得人憔悴。”

【译文】

自分别后，遥山层峦叠嶂，远水波光粼粼，隔着千山万水，思念远去的离人，离情日日是苦。杨柳堆烟，柳絮飘飞，盛开的桃花如醉酒的美人脸，粉红娇艳。风吹帘动，传来花的香气，细雨纷纷，无奈掩上重门。怕黄昏转眼又是黄昏，不想销魂又怎么不黯然销魂？旧啼痕未干，又落下新啼痕，肠已断，仍难忘断肠人。这离别的春天啊！人憔悴，又瘦几分，衣带渐宽三寸。

【赏析】

这首带过曲写闺中女子思念远人的离情之苦，杨柳依旧低垂，桃花依旧红艳，但人已隔千山万水，一句“怕黄昏忽地又黄昏，不销魂怎地不销魂”，极写相思的无法摆脱和难以控制，“新啼痕”与“旧啼痕”说明日日思念，念之则必垂泪。一个“压”字，尽显相思之苦与思念的深重。两首曲子合成一曲，运用叠字和连环句法，字重而意不重，情意缠绵，韵味悠远。

[中吕] 普　天　乐[1]

滕　斌

翠荷残，苍梧坠。千山应瘦，万木皆稀[2]。蜗角名，蝇头利，输与渊明陶陶醉[3]。尽黄菊围绕东篱，良田数顷，黄牛一只[4]，归去来兮。

【注释】

〔1〕普天乐：曲牌名。

〔2〕瘦：此指秋天草木凋零，故山显“瘦”。

〔3〕蜗角名，蝇头利：比喻极微小的名利，表示作者对名利的鄙视。《庄子·则阳》：“有国于蜗之左角者，曰触氏；有国于蜗之右角者，曰蛮氏。时相与争地而战，伏尸数万，逐北旬有五日而后返。”苏轼《满庭芳》：“蜗角虚名，蝇头微利，算来著甚乾忙。”这里是借用。输与：逊于他。

〔4〕一只：一作“二只”。

【译文】

翠绿的荷叶衰残，苍翠的梧桐叶转黄进而凋零，无边的落叶萧萧而下，万木稀疏，千山尽显憔悴，若争那蜗角微名，蝇头小利，怎比得上渊明归隐，而陶然自醉？竹篱茅舍，尽有黄菊围绕，良田数顷兼有黄牛一头，及早归去吧。

【赏析】

这首小令写对隐逸的向往。通过对秋景的描绘和对名利的鄙视，表明作者归隐的志趣。前四句写景，“残”、“坠”、“瘦”、“稀”，写出草木摇落的萧瑟秋景，而“草木凋零兮，恐美人之迟暮”，面对肃杀的秋气，作者不禁有岁月迟暮之感，羁身官场，为名利绊，何如陶渊明归隐田园？最后四句，是作者退隐后的设想，黄菊围绕，良田数顷，黄牛一只，色调由冷转暖，写出作者对田园生活的向往。自得其乐，岂不快哉！

[正宫] 叨叨令[1]·道情[2]

邓玉宾

天堂地狱由人造，古人不肯分明道。到头来善恶终须报，只争个早到和迟到。您省的也么哥[3]？您省的也么哥？休向轮回路上随他闹[4]。

【注释】

〔1〕叨叨令：曲牌名。

〔2〕道情：元散曲的一种体式，明朱权《太和正音谱·乐府体式》中说："神游广漠，寄情太虚，有餐霞服日之思，名曰道情。"又说："志在冲漠之上，寄傲宇宙之间，慨古感今，有乐道徜徉之情，故曰道情。"

〔3〕省：懂得，知道。也么哥：也作"也波哥"、"也末哥"，是表示感叹的语气词，在这两个重叠句末加上"也么哥"，是[叨叨令]曲牌的定格。

〔4〕轮回：即六道轮回，佛教指有生命的东西永远在天、人、阿修罗、地狱、饿鬼、畜生六个范围内循环转化。

【译文】

天堂和地狱都是由人创造的，只是古人不肯明白地道破而已。到头来，善有善报，恶有恶报，争来争去，不过争个早报和晚报。你懂得这个道理吗？你懂得这个道理吗？不要到生死轮回路上争吵，任随他们胡闹去吧。

【赏析】

这首"道情"的小令，在劝的同时，也揭露了不合理的社会现实。大胆地提出"天堂地狱由人造"的观点，敢于向佛教生死轮回的世俗教条挑战，是非常可贵的。人只要好好做人，用不着去祈求冥冥中的鬼神，因为"上天堂"或"下地狱"都是个人行为造成的结果。作者强调现实修为，洁身行善，"休向轮回路上随他闹"，则要人从天堂地狱、六道轮回等的观念中摆脱出来，自己掌握自己的命运。全曲纯用口语，粗爽豪放。

[双调] 殿前欢[1]·懒云窝[2]

西瑛有居号懒云窝，以殿前欢调歌此以自述

阿里西瑛

懒云窝，醒时诗酒醉时歌。瑶琴不理抛书卧，无梦南柯[3]。得清闲尽快活。日月似撺梭过，富贵比花开落[4]。青春去也，不乐如何！

【注释】

〔1〕殿前欢：曲牌名，又作［凤将雏］、［燕引雏］、［小凤孙儿］、［小妇孩儿］。

〔2〕懒云窝：作者的住所，在吴城（今江苏苏州）东北隅。

〔3〕无梦南柯：指不做荣华富贵梦。典出唐传奇《南柯太守传》，写淳于棼醉酒后，梦见自己到了大槐安国，被招为驸马，做了二十年南柯太守，享尽荣华富贵。醒来后才知是一场大梦，所谓“大槐安国”，原来是宅南大槐树下的蚁穴。

〔4〕撺梭：穿梭。

【译文】

我居住在懒云窝，醒时饮酒作诗，醉了便尽情地放歌。不弹丝竹琴弦，不理诗书礼经，唯醉卧纱帐，睡得香甜快活，一觉无梦，更不梦富贵荣华，不到南柯。得清闲时便自在清闲，管他那许多？光阴似箭，岁月如梭，富贵如花儿一般开了又落。青春年华转瞬逝去，不及时行乐，更待如何？

【赏析】

［殿前欢］是一组曲，是作者自述归隐懒云窝的生活情状，以玩世不恭的口气，表达他藐视功名富贵，追求自由自在的情怀。作者之情趣尽在其“懒云窝”，“云”本来就是舒展自如之物，前面再加一“懒”字，则更显“云”的逍遥自在。作者以“懒云窝”自名其居所，则尽显其放诞不羁，不为世俗所缚的态度。醒了醉，醉了醒，抛开琴弦诗书，唯有懒散高卧，何等悠然自得，清闲自在！但放浪形骸的背后，是有志难展的愤懑，及时行乐的觉悟是几十年的官场坎坷险恶换来的，极写懒云窝生活的悠闲快活，则透露出作者政治失意不得志的实质。

[正宫] 鹦鹉曲·农夫渴雨[1]

冯子振

年年牛背扶犁住，近日最懊恼杀农父[2]。稻苗肥恰待抽花，渴煞青天雷雨[3]。[幺] 恨残霞不近人情[4]，截断玉虹南去[5]。望人间三尺甘霖，看一片闲云起处[6]。

【注释】

〔1〕渴雨：渴望下雨。

〔2〕懊恼杀：懊恼得很，懊恼极了。杀，亦作“煞”，程度副词，“很”、“极”的意思。

〔3〕渴煞：非常渴望。

〔4〕残霞：晚霞。俗谚有“晚霞日头朝霞雨”，晚霞满天，则明日必晴，这里是农夫埋怨晚霞不近人情，明天还又是晴天。

〔5〕玉虹：彩虹。

〔6〕甘霖：好雨、及时雨。闲云：不下雨的云。唐来鹄《云》诗：“无限旱苗枯欲尽，悠悠闲云作奇峰。”此处亦用其意。

【译文】

年年跟在牛背后面扶犁耕耘，辛苦劳作，近日来却让人十分懊恼。正当稻苗肥壮待要抽花吐穗的时候，多么渴望老天下一场及时雷雨。可天边又是晚霞满天，让人不得不恨起这残霞，恨它截住彩虹，让好雨南去。焦急地盼望天降三尺甘霖，连一片闲云飘来，都充满期待地顾盼。

【赏析】

这首小令写农夫在稻苗肥壮、正待抽花吐穗时节，久旱不雨而盼下雨的那份焦急和渴望。“恨残霞”，“看闲云起处”细腻真实地表现出苦旱渴雨的心情，其中有懊恼、有怨恨，更有盼望，甚至看到一片不会下雨的“闲云”，也会充满幻想和期待，渴雨之情呼之欲出，语言质朴，感情真挚。

［正宫］塞鸿秋[1]·代人作

贯云石

战西风几点宾鸿至[2]，感起我南朝千古伤心事[3]。展花笺欲写几句知心事[4]，空教我停霜毫半晌无才思[5]。往常得兴时，一扫无瑕玼[6]。今日个病厌厌刚写下两个相思字。

【注释】

〔1〕塞鸿秋：曲牌名。

〔2〕战西风：迎着西风。战，同“颤”，本义为“颤抖”，这里指大雁在西风中颤巍巍飞翔的凄苦情状。宾鸿：《礼记 · 月令》：“季秋之月……鸿雁来宾。”古人以“仲秋”（农历八月）先来之雁为“主”，“季秋”（农历九月）后来之雁为“宾”。宾鸿，点出时令在秋末。

〔3〕南朝：我国南北朝时，宋、齐、梁、陈四朝都在南方，称为南朝。这是个国事纷乱、兴亡更替频繁的历史时期。君主多荒淫误国。吴激［人月圆］：“南朝千古伤心事，还唱后庭花。”

〔4〕花笺：精美的信纸。

〔5〕霜毫：白兔毛做的毛笔。

〔6〕瑕玼：玉器上的斑点。这里指诗文中的小毛病。

【译文】

深秋时节，西风频起，几只南飞的大雁迎着秋风颤巍巍地飞翔，满目的萧索让我想起南朝那兴亡动乱的千古伤心事。展开精美的信笺，打算写几句心里话，但空握着笔思量半天，却是才思全无。往常兴致来时，文思敏捷，一挥而就，没什么瑕疵，而今日我一副病恹恹的模样，提起的笔只写下“相思”两个字。

【赏析】

小令似在抒发作者的吊古之情，又似在寄托相思之意。时令变迁，鸿雁南归，令人联想起南朝的兴亡，伤感情绪顿起。而相思深切欲写而又写不出，则更表明相思的深切，这段心理描写曲折感人，令人回味。而相思之事是怀古？还是怀人？作者半露半藏、欲言又止，只有留给读者自己去体味。

[中吕] 红　绣　鞋[1]

贯云石

挨着靠着云窗同坐，偎着抱着月枕双歌[2]，听着数着愁着怕着早四更过[3]。四更过情未足，情未足夜如梭。天那，更闰一更儿妨甚么[4]！

【注释】

〔1〕红绣鞋：曲牌名，又名 [朱履曲]。

〔2〕月枕：形如月牙妆的枕头。

〔3〕听着数着：听谯鼓，数更声。四更过：天已近明。

〔4〕更闰一更：将夜晚再延长一个更次。闰：此指延长、增加。历法名，农历年与回归年有时间复差，将误差日在三年内积累成一个月为闰月，加在一年里，即所谓“三年一闰”。

【译文】

云窗下相挨相靠，坐在一起看天上的月亮，月枕上相依相偎，抱在一处你吟我唱。听着谯鼓，数着更声，愁着天明，怕着离别，然而纵是万般珍惜千般不舍，时间还是听着数着就到了四更。四更过，天将明，可两人的欢情没有满足，情未满足而一夜良宵却已如飞梭般逝去。老天哪，既然有闰年闰月，再将夜晚延长一更的时间，又有何妨？

【赏析】

小令写男女相会的情态和心理活动，写得大胆泼辣，俚俗生动。挨着靠着、偎着抱着、听着数着、愁着怕着，连用八个“着”字描写欢会的动作和心态，极其细腻传神，一对相会的人儿享不够恩爱，恨不得一秒当成两秒来过，但越不愿欢会结束，越觉时间过得快，甚至直呼苍天，祈求再闰一更，如此大胆的要求，实在具有一种震撼人心的力量。

[双调] 蟾宫曲[1]·送春

贯云石

问东君何处天涯[2]？落日啼鹃，流水桃花。淡淡遥山，萋萋芳草，隐隐残霞。随柳絮吹归那答[3]，趁游丝惹在谁家[4]？倦理琵琶，人倚秋千，月照窗纱。

【注释】

〔1〕蟾宫曲：曲牌名，又名 [折桂令]。

〔2〕东君：春神。

〔3〕那答：什么地方，元代方言。

〔4〕游丝：空中飘动的蛛丝。宋晏殊《蝶恋花》词："满眼游丝兼落絮，红杏开时，一霎清明雨。"惹：牵引住。

【译文】

天涯茫茫，问春天你要远去何方？杜鹃声声啼鸣，啼尽落日的余晖，桃花纷纷谢落，皆随着流水飘零。远处是淡淡的山峦，晚霞渐退渐消，芳草已绿遍天涯，而春天你会随着柳絮吹到哪里？又会攀着游丝飘到谁家？眼望着你无声无息地离去，倦懒的人懒得去理琵琶，倦倚着秋千，静静地看月光照上窗纱。

【赏析】

时令的变换本是自然的规律，但人们往往对好时光的离去伤情伤怀。小令起句设问，春天要到哪里去？而后面的落日啼鹃、桃花流水、远山、残霞，以及柳絮、游丝几句都是似答非答，因为春的到来与去向都是无从跟踪寻觅的，只在这一问似答中描绘了春末的景状，渲染了伤春惜春的情怀。最终人倦月孤，更觉春意阑珊，惆怅中有悠然的韵致和情味。

[双调] 折桂令[1]·芦沟晓月[2]

鲜于必仁

山都门鞭影摇红[3]，山色空蒙[4]，林景玲珑。桥俯危波，车通远塞，栏倚长空。起宿霭千寻卧龙[5]，掣流云万丈垂虹[6]。踏杳疏钟，似蚁行人，如步蟾宫[7]。

【注释】

〔1〕折桂令：曲牌名，又名《蟾宫曲》。

〔2〕芦沟晓月：元代燕山（今北京地区）八景之一。芦沟：即北京西南的卢沟桥。金大定（1161—1189）时所建，横跨永定河上。清康熙时毁于洪水，1669年重建。元代商人到京城做生意，要在黎明时到卢沟桥头办理入城登记手续。此时天还未亮，明月斜挂西天，卢沟桥头已是人头攒动，成为一大景观。"卢沟晓月"由此而来。

〔3〕鞭影摇红：在早晨的红霞中挥动马鞭。一解为赶车者挥舞着鞭子，红缨不断摇动。

〔4〕山色空蒙：山光迷茫朦胧。化用苏轼诗《饮湖上初晴后雨》："湖光潋滟晴方好，山色空蒙雨亦奇。"

〔5〕"起宿霭"句：形容卢沟桥如云遮雾罩中的一条千丈卧龙。霭：云气。寻：古代八尺为一寻。千寻：虚指，极言其长。

〔6〕掣流云：划破流云。掣：一闪而过。垂虹：彩虹。

〔7〕蟾宫：月宫，传说月中有蟾蜍，故称月宫为蟾宫。袁郊《月》诗："嫦娥窃药出人间，藏在蟾宫不肯还。"

【译文】

清晨骑马出城，挥舞的马鞭被朝霞染红，远处的山峦在雾中若隐若现，路边的丛林身影婆娑，在月光下剔透玲珑。卢沟桥俯卧在永定河上，波涛汹涌，而车马自此可通往遥远的边塞，其高大的桥栏延伸着倚向长空，桥身似云遮雾罩中的一条千寻卧龙，又如划破流云而落的万丈长虹。路途漫漫，钟声渐稀疏，而桥头上人头攒动，如蚁而行，似走向皎皎的月宫。

【赏析】

小令是写清晨骑马出大都城门，看到芦沟桥上人行密密，桥下明月皎皎的情景，进而咏卢沟桥之作。远山朦胧，林木清秀，马鞭尽染红霞，这意境已经很美。

而河水奔腾汹涌，卢沟桥却更显牢固雄伟，似喷云吐雾的巨龙，又似划破流云的长虹，延伸着直倚向长空。“起宿霭千寻卧龙，掣流云万丈垂虹”，两句想象奇特，尽显卢沟桥雄伟壮丽。全曲意境深远，感情热烈，气势豪迈。

[双调] 雁儿落过得胜令·闲适

邓玉宾子

乾坤一转丸〔1〕，日月双飞箭。浮生梦一场，世事云千变。万里玉门关〔2〕，七里钓鱼滩〔3〕。晓日长安近〔4〕，秋风蜀道难。休干〔5〕，误杀英雄汉。看看，星星两鬓斑〔6〕。

【注释】

〔1〕乾坤：指天地。《易·乾象》：“大哉乾元，万物资始，乃统天。”故以乾为天。《易·坤象》：“至哉坤元，万物资生，乃顺承地。”故以坤为地。

〔2〕万里玉门关：化用东汉名将班超故事。班超任西域都护，封定远侯，后年老思乡，便上疏曰：“臣不敢望到酒泉郡，但愿生入玉门关。”（《后汉书·班超传》）

〔3〕七里钓鱼滩：化用东汉隐士严光的典故。严光与刘秀是同学，“少有高名，及光武即位，乃变名姓，隐身不见。耕于富春山，后人名其钓处为严陵濑。”（《后汉书·严光传》）

〔4〕“晓日”句：用晋明帝少时所说：“日远长安近”的故事。日：喻君王。长安近：表示官运亨通，仕途得意。李白诗：“总为浮云能蔽日，长安不见使人愁。”

〔5〕干：“干禄”之干，意为求取。

〔6〕星星：形容两鬓斑白。左思《白发赋》：“星星白发，生于鬓垂。”

【译文】

宇宙无限，也如小小的弹丸一样旋转，时间永恒，而岁月却似飞箭一般稍纵即逝。人生如一场空梦，虚妄不定，世事如变幻的浮云，瞬息千变。班超征战万里，至老唯愿生还玉门关，严光隐居避世，一生甘愿垂钓七里滩。仕途得意可日伴君王之侧，而命运不济则难如秋风萧瑟，登蜀道之难。休要再徒劳地追求功名利禄，岂不知功名误了多少英雄？临镜看看，老之将至，转眼已是两鬓斑斑。

【赏析】

这一支带过曲，由[雁儿落]和[得胜令]两支曲子联成。通过对比手法写出作者对仕途的鄙视和对隐退闲适生活的向往。天地如丸，光阴似箭，人生世事都如梦一场、云一般，都是过眼烟云，转头成空，曲子开头对这几个问题的判断和思考，带有很深的感伤色彩，这也代表了元代知识分子身上受挤压受迫害而形成的一种共性。连用班超、严光、晋明帝、唐明皇等典故，摆出进、退、顺、逆的不同遭遇，说明在险恶的政治环境下，进退两难，进而肯定远离政治、退而归隐的生活。

[中吕] 喜　春　来[1]

张养浩

路逢饿殍须亲问[2]，道遇流民必细询[3]。满城都道好官人。还自哂[4]，只落得白发满头新。

【注释】

〔1〕喜春来：词牌名。

〔2〕饿殍：饿死的人。《孟子·梁惠王》：“民有饥色，野有饿殍。”

〔3〕流民：因天灾人祸而流离失所的百姓。

〔4〕自哂：自嘲。哂：讥笑、微笑。

【译文】

路上碰到饿死人的事情，都一定亲自过问，道上遇到流离的百姓，都一定详细询问。满城的百姓都说我是个爱民如子、体恤民情的好官，而我却于心不安，回过头来自嘲自责，不能救百姓于水火，只落得个白发满头，两鬓斑斑。

【赏析】

张养浩是汉人中在元朝做官地位比较显要的一位。1329年关中大旱，他再次出任，到陕西救灾。据《元史》记载，他上任后自散家财与乡里贫者，遇饿者赈之，死者葬之，昼夜为赈灾劳苦，到任四个月即病卒。“关中之人，哀之如失父母”。张养浩爱民如子，日夜为灾民操劳，表现出与民同甘共苦的决心，百姓称赞他，他仍感受之有愧，是因为他明白自己未能真正救黎民出水火，救灾只能解一时之急，而不能解一世之苦，一句“只落的白发满头新”，似是自嘲，也带有深深的感伤和无奈。作者作为封建社会的高官，对人民能有如此拳拳之心和奉献精神，实在难能可贵。

[双调] 得胜令·四月一日喜雨

张养浩

万象欲焦枯[1]，一雨足沾濡[2]。天地回生意，风云起壮图。农夫，舞破蓑衣绿；和余[3]，欢喜的无是处[4]。

【注释】

〔1〕万象：存于宇宙的一切事物和现象。苏轼《海市》：“荡摇浮世生万象，岂有贝阙藏珠宫。”

〔2〕沾濡：润湿、浸润。

〔3〕和余：连同我。余：我，作者自指。

〔4〕无是处：不知如何是好。

【译文】

久旱不雨，大地焦渴，庄稼早得快要枯死，而一场充沛的喜雨甘霖，及时将天地万物浸润个透湿，大地又有了生机，一切在风云突起中变得壮观雄奇。天天盼雨的农夫，高兴得披着蓑衣在雨中狂舞，不管那蓑衣是舞掉还是舞破，连同我，也手舞足蹈，欢喜得不知如何是好。

【赏析】

久旱逢甘雨，自然是喜不自禁，农夫舞破蓑衣，连父母官也跟着欢喜，一句“舞破”，写出人们的欣喜若狂。而结尾“欢喜的无是处”，表现出作者与民同乐的激动心情，一语简单正常，却更显作者的拳拳爱民之心，也使小令更显亲切真实的情味。

[中吕] 山坡羊[1] ·潼关怀古[2]

张养浩

峰峦如聚，波涛如怒，山河表里潼关路[3]。望西都[4]，意踌躇。伤心秦汉经行处，宫阙万间都做了土，兴，百姓苦；亡，百姓苦。

【注释】

〔1〕山坡羊：曲牌名，又名 [苏武持节]。

〔2〕潼关：古时兵家必争之地，在今陕西省潼关县境，据陕西、山西、河南的要塞。潼关，东为崤山，西有华山，北对中条山，下临滚滚黄河，颇有“一夫当关，万夫莫开”的气势。

〔3〕山河表里：指潼关外有黄河，内有华山，地势险要。表：外面。里：里面。

〔4〕西都：指长安，即今西安。西汉以长安为都城，东汉迁都洛阳，遂称长安为西都。

【译文】

无数的山峰耸立汇集，相接相拥，奔腾的黄河水汹涌咆哮，如狂似怒，依山靠河互为表里的潼关路多么险要！遥望长安那古老的西都，不觉百思缠绕，心潮起伏，看着当年秦汉帝的经行之处，无限伤感踌躇，如今那万间宫阙都化作了灰土。朝代兴盛，百姓是苦，朝代衰亡，百姓还是苦。

【赏析】

作者行走在地势险要的潼关路上，目睹万千流离失所的灾民，不禁触景生情，写下这首脍炙人口的名作。遥望古都长安，秦汉帝王用人民的血汗经营起万千宫阙，而又在历代统治者你争我夺的战火中化为焦土，这其中践踏的都是百姓。“兴，百姓苦；亡，百姓苦”，精辟而独到，一针见血，作者在对历史的反思中，深刻地认识到不管封建王朝是兴还是亡，百姓都一样遭难受苦。朝代的更换只是统治者的游戏，而与百姓无关。全曲俯瞰古今，气势宏大，感情浓烈，为“元人散曲的压卷之作”。

[中吕] 朱履曲[1]

张养浩

那的是为官荣贵[2]，止不过多吃些筵席[3]，更不呵安插些旧相知[4]。家庭中添些盖作[5]，囊箧里攒些东西[6]。教好人每看做甚的[7]。

【注释】

〔1〕朱履曲：曲牌名，又名［红绣鞋］。

〔2〕那的是：哪里是，那，同“哪”。

〔3〕止：同“只”。

〔4〕更不呵：更不过。元人口语。

〔5〕盖作：房屋建筑，也可借指家具。

〔6〕囊箧：箱子。

〔7〕每：们。元曲中常用语，这句意思是让好人看了像什么样了呢！

【译文】

哪里是什么为官就能富贵？只不过多吃些酒席，再不就是在各处安插些旧友亲信，给家里多盖几间房子，添些家具，箱子里多攒些金银罗绮，仅此而已。而这些，又让那些清白正直的好人们看了像什么东西！

【赏析】

小令寥寥几笔，点出为官作宰所谓荣华富贵的实质，无非是贪图吃喝，安插亲信，中饱私囊而已，而这种“为官荣贵”，为正直的人所不齿，“教好人每看做甚的”，表明作者对贪官污吏行为的厌恶和鄙视。

[双调] 雁儿落带得胜令

张养浩

往常时为功名惹是非，如今对山水忘名利。往常时趁鸡声赴早朝[1]，如今近晌午犹然睡。往常时秉笏立丹墀[2]，如今把菊向东篱。往常时俯仰承权贵，如今逍遥谒故知。往常时狂痴[3]，险犯着笞杖徒流罪[4]。如今便宜，课会风花雪月题[5]。

【注释】

〔1〕早朝：封建时代百官鸡鸣时起床集于殿外，等候拜见皇帝，有事奏事无事退朝，这叫早朝。

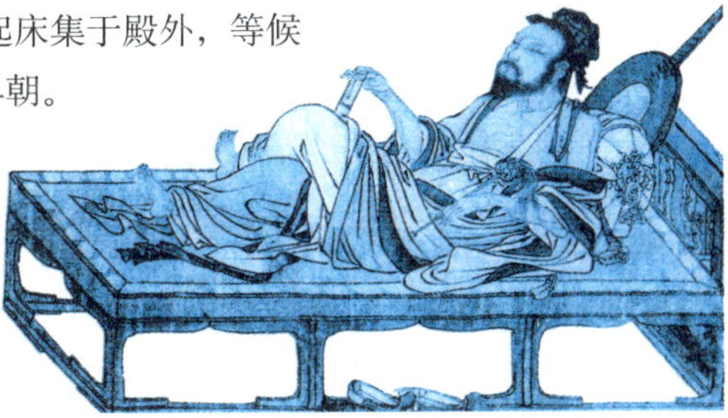

〔2〕笏：大臣上朝时手拿的狭长形板子，一般用玉、象牙或竹制成。丹墀：皇宫里涂有红漆的台阶。这里指朝堂。

〔3〕狂痴：又狂又傻。暗指过去上书直谏，议论朝政。

〔4〕笞杖徒流：古时刑罚。笞：用竹板或藤条打。杖：用木棍打。徒：徒刑、坐牢。流：流放。

〔5〕课：先拟题目然后按题写作。这句是说以风花雪月为题，吟诗作文来消遣。

【译文】

往常为功名招惹是非，如今面对青山绿水而将名利全然忘却。往日要在鸡鸣时便起床赶赴早朝，如今时近正午仍可安然眠睡。往日手持笏板候立朝堂向皇帝三跪九叩，如今采菊东篱之侧，悠然抬头，回首便是南山。往日鞠躬俯首看权贵脸色行事，如今自在逍遥闲来拜访故友新朋。往日狂傻痴呆议论朝政，险些犯了挨板子挨刑杖坐牢狱远流放的罪，如今无拘无束我行我素闲适自在，随意拈两个题，写些风花雪月，消遣抒怀。

【赏析】

这支小令写作者做官时和辞官后的生活对比，用质朴的语言、如实写来，深刻表现出作者厌恶官场而安于归隐的心态。张养浩为宦多年，做过高官，对官场有着深深的体会，上早朝、立朝堂，卑躬屈膝，看权贵脸色行事，稍有议论荒唐朝政，便会遭笞杖徒流的大罪，多年的宦海沉浮，让他看透了官场的黑暗，不做贪官污吏，也做不成正直清官，所以他弃官归隐，寄情山水，悠然自得，清闲自在。

[双调] 水仙子·咏江南

张养浩

一江烟水照晴岚[1]，两岸人家接画檐[2]。芰荷丛一段秋光淡[3]。看沙鸥舞再三，卷香风十里珠帘[4]。画船儿天边至，酒旗儿风外飐[5]。爱杀江南。

【注释】

〔1〕晴岚：原指晴天时山林中的雾气。这里指阳光下江面上的雾霭。

〔2〕接画檐：指房檐与房檐相接相挨的意思。

〔3〕芰荷：指出水的荷叶。芰，古书上指菱角。屈原《离骚》："制芰荷以为衣兮，集芙蓉以为裳。"

〔4〕珠帘：用珠子缀成装饰的帘子。此处化用杜牧《赠别》诗："春风十里扬州路，卷上珠帘总不如。"

〔5〕飐：风吹物体而使之颤动。这里指酒旗随风飘动。

【译文】

一江秋水，洗照晴空，江面烟波浩渺，江上雾霭腾绕，两岸人家房屋挨着房屋，画檐连着画檐，一片出水的荷叶，亭亭田田，透出的秋光清清淡淡。看空中的沙鸥翩跹飞舞，飞舞翩跹，春风十里，吹卷起两岸的珠帘。画船儿好像从天边驶来，酒旗儿迎风招展。真叫人爱煞这烟雨江南，美丽的江南！

【赏析】

小令歌咏江南水乡的秋景，围绕着"水"，铺开一幅江南秋天的淡雅水墨图，江上烟雾，两岸人家，荷叶沙鸥，香风珠帘，酒旗画船，这些景都是隐隐淡淡，却又是静中有动，富有情趣，虽是秋天，却仍是生机盎然，静谧恬淡，可以让人放下心来去陶醉。结语一句"爱杀江南"，是作者感情的自然流露。与白居易的"日出江花红胜火，春来江水绿如蓝，能不忆江南"的春光相比，这秋景则更显几分江南的清新婉丽，闲适恬淡。

［正宫］鹦鹉曲·渔父

白 贲

依家鹦鹉洲边住[1]，是个不识字渔父。浪花中一叶扁舟，睡煞江南烟雨[2]。［幺］觉来时满眼青山，抖擞绿蓑归去，算从前错怨天公，甚也有安排我处[3]。

【注释】

〔1〕依家：我，自称。鹦鹉洲：在今武汉市汉阳西南长江中。东汉末黄祖做江夏太守，其子在此大会宾客，有献鹦鹉者，祢衡作《鹦鹉赋》一篇，洲因此而得名。崔颢《黄鹤楼》："晴川历历汉阳树，芳草萋萋鹦鹉洲。"

〔2〕煞：尽情，极。

〔3〕甚也有：真也有、正也有。甚：词曲中的领句，有正、真之义。

【译文】

我家住在芳草萋萋的鹦鹉洲，做了个不识字不问世事的渔夫，摇一叶扁舟，任它在浪花中漂流，我则在江南的烟雨蒙蒙中睡他个酣然香足。一觉醒来，抬眼便皆是苍翠的青山，伸个懒腰，精神抖擞，披上绿蓑衣悠然归去。算我从前错怨了天公，这江南正是老天给我安排的最好的去处。

【赏析】

此曲写渔隐之乐。浪花朵朵，烟雨扁舟，渔夫并不捕鱼，而是酣然而睡，可见做渔夫不在于渔，而在于隐，隐于山水，隐于江南烟雨，其中之乐自有多得。"一蓑烟雨任平生"，这便是隐者装作不识字的渔翁之意，全曲语言明丽、意韵含蓄，耐人寻味。

［双调］蟾宫曲·梦中作

郑光祖

半窗幽梦微茫，歌罢钱塘[1]，赋罢高唐[2]。风入罗纬[3]，爽入疏棂[4]，月照纱窗。缥缈见梨花淡妆，依稀闻兰麝余香[5]。唤起思量，待不思量，怎不思量。

【注释】

〔1〕歌罢钱塘：化用六朝时南齐钱塘歌妓苏小小的故事。苏小小《蝶恋花》词："妾本钱塘江上住，花开花落，不管流年度。"

〔2〕赋罢高唐：指战国宋玉所作《高唐赋》，写楚襄王梦游高唐，与巫山神女欢会。高唐：《高唐赋》中注为观名。

〔3〕罗纬：罗帐，轻软的丝织品制作的帐子。

〔4〕爽：爽气。棂：窗棂。

〔5〕兰麝：兰草和麝香，都是高贵的香料，用来熏衣。

【译文】

窗户半开，一场幽梦缥缥缈缈，迷迷茫茫，梦中似曾在钱塘放歌，又似在高唐与巫山神女相会，吟咏高唐。清风吹入轻软的纱帐，凉爽的空气漫入稀疏的窗棂，明月照上纱窗。回想梦中隐约看到她描着淡淡的梨花妆，又仿佛闻到她罗衣上缕缕的兰麝余香。这幽梦唤起我无边的思念，待不要去想她，却又怎能压下这涌动的思绪？

【赏析】

幽梦迷离，似有若无，这种缥缈更能引起心底的思念，欲挥不去，欲罢不能，因为思念自心中生，又将身心都缠住。念着那梦中的余香，则不想思量也难不思量。

[双调] 折　桂　令

郑光祖

弊裘尘土压征鞍[1]，鞭倦袅芦花[2]。弓剑萧萧，一竟入烟霞。动羁怀，西风禾黍，秋天蒹葭[3]。千点万点，老树寒鸦。三行两行，写高寒，呀呀雁落平沙[4]。曲岸西边，近水涡，鱼网纶竿钓艖[5]。断桥东下，傍溪沙，疏篱茅舍人家。见满山满谷、红叶黄花。正是凄凉时候，离人又在天涯！

【注释】

〔1〕弊裘：破旧的衣服。

〔2〕袅芦花：像芦花一样摇动。袅：摇曳的样子。

〔3〕羁怀：远游人的思乡情怀。蒹葭：芦苇，或芦苇一类水生植物。

〔4〕写：通“泻”，斜飞。高寒：天空。“写高寒”句：也译作大雁在空中飞行，一行行像在天空中写字。

〔5〕纶竿：用青丝做成钓绳的鱼竿。钓艖：小钓船。

【译文】

衣服破旧，鞍马上满是尘土，手中马鞭懒得挥舞，任它随着颠簸摇晃，人疲倦，弓剑也萧索无声，一人径入尘土飞扬，暮色苍凉的古道，触秋景，勾起思乡，禾黍离离，蒹葭苍苍，满眼的千点万点，是寒鸦纷纷归栖到老树上。空中的大雁惊寒，三行两行地急飞而下，“呀呀”叫着落在平沙滩头。弯曲的河岸西边，流水打着旋涡向远处奔流，渔人在河中撒网，钓夫泛舟垂钓，远处的断桥隐约若现，桥头没入烟霞，溪沙岸上，星星点点的是几间茅舍人家。而满山满谷，都是红的叶、黄的花。正是深秋凄凉时候，离乡的游子还流落在天涯。

【赏析】

小令写游子思乡，与马致远的《天净沙·秋思》一简一繁，异曲同韵。禾黍离离，秋水茫茫，满眼尽生凄凉，萧索的秋景与思乡的情怀交织，则惟剩下“断肠人在天涯”般的愁闷与感叹。

[仙吕] 寄生草[1] · 酒

范　康

常醉后方何碍[2]，不醉时有甚思？糟腌两个功名字[3]，醅淹千古兴亡事[4]，曲埋万丈虹霓志[5]。不达时皆笑屈原非[6]，但知音尽陶潜是[7]。

【注释】

〔1〕寄生草：曲牌名。

〔2〕方何碍：有什么妨碍。

〔3〕糟腌：用酒或盐腌渍食物，这里指将功名二字淹在酒中。糟：酒渣，代指酒。

〔4〕醅：未过滤的酒。

〔5〕曲：酿酒时引起发酵的材料。虹霓志：远大的志向。

〔6〕不达：不了解，不明白。这句意为不了解屈原的人，都嘲笑他不识时务，不随众人共醉。屈原曾言："众人皆醉，唯我独醒。"

〔7〕陶潜：即陶渊明。

【译文】

人生长醉有什么妨碍？不醉又有什么可去思量？把功名两个字全抛到酒糟中淹渍，只管一醉，不管那天下兴亡事，至于那所谓远大志向，则浸在酒曲中，尽皆掩埋。不了解屈原的人都嘲笑他不识时务，而明白陶渊明的人则都称赞陶的归隐及时。

【赏析】

用"糟腌"、"醅淹"、"曲埋"，把功名、壮志、兴亡事统统都淹没埋葬，否定俗世的一切，到醉酒中讨生活。但愿长醉不愿醒，嘻笑怒骂中似乎看透尘世，厌弃俗世，但字里行间却又饱含难以排解的忧愁。沉醉于酒只是愤懑无处发泄，对现实不满，却又无可奈何。

[南吕] 四块玉·叹世

曾　瑞

罗网施，权豪使，石火光阴不多时[1]。劫活若比吴蚕似[2]。皮作锦，茧作丝，蛹烫死。

【注释】

〔1〕石火：古人用火石相击取火，常比喻时光短暂。白居易《对酒五首》："石火光中寄此身。"

〔2〕劫活：勤奋努力地干活。这里指费尽心机。吴蚕：吴地以产蚕著称。这里泛指蚕。

【译文】

布置罗网，巧施阴谋诡计，巧取豪夺，依仗权势压乡里，这光阴如敲石击火，横行不了几时。你机关算尽，费尽心机，不过与那吴地的蚕相似，到头来织皮成锦，剥茧作丝，生成的蛹也要被活活烫死。

【赏析】

小令用隐语讽刺权贵滥用权术，恣意横行的下场。富贵权势都不会长久，再怎么布置罗网、算尽机关，都如吐丝的蚕一样，为他人作嫁衣裳，最终死于沸水之中。蚕一向被当作辛劳的象征，而在这里却翻了新意，比喻作恶多端的权贵，说他们作茧自缚。用语新颖别致，又满含嘲讽鄙夷。

[南吕] 骂玉郎过感皇恩采茶歌[1]·闺情

曾　瑞

才郎远送秋江岸[2]，斟别酒唱阳关[3]，临岐无语空长叹[4]。酒已阑[5]，曲未残，人初散。　　月缺花残[6]，枕剩衾寒[7]。脸消香，眉蹙黛[8]，髻松鬟[9]。心长怀去后[10]，信不寄平安[11]。拆鸾凤[12]，分莺燕，

杳鱼雁[13]。　　对遥山[14]，倚阑干[15]，当时无计锁雕鞍[16]。去后思量悔应晚[17]，别时容易见时难。

【注释】

〔1〕骂玉郎过感皇恩采茶歌：南吕宫带过曲，由骂玉郎、感皇恩、采茶歌三支曲子组成，这三支曲都不能单独用作小令。

〔2〕才郎：指有才能的青年男子。这里是女子对自己丈夫的称呼。

〔3〕斟别酒唱阳关：满斟送别的酒，唱着《阳关曲》。阳关，即《阳关曲》、《渭城曲》的别名，本是王维《送元二使安西》诗，后入乐府，以为送别之曲。

〔4〕临岐：临分手的时候。岐，歧路，即岔路口。

〔5〕酒已阑：酒已喝尽。阑，尽。

〔6〕月缺花残：圆月已成为月牙，所以叫月缺，花已经残落。

〔7〕枕剩衾寒：指亲人已离去。衾，被子。

〔8〕眉蹙黛：指皱眉。蹙，皱。黛，本指画眉用的黑色颜料，这里指黑眉。

〔9〕髻松鬟：松开发髻使发散乱。松，即松开发髻。

〔10〕心长怀去后：心里时常怀想着在他去了以后。

〔11〕信不寄平安：收不到平安家信。

〔12〕拆鸾凤：将鸾、凤拆散。鸾，传说中凤凰一类的鸟，又说雄的叫凤，雌的叫凰。

〔13〕杳鱼雁：言书信断绝。杳，无声无息。鱼雁，谓书信，宋无《次友人春别》：“波流云散碧天空，鱼雁沈沈信不通。”

〔14〕对遥山：面对着远处的山。

〔15〕倚阑干：依凭着栏干。倚，同依。阑干，编木条为遮栏，立于庭院或楼上。

〔16〕当时无计锁雕鞍：当时（我）没有办法将他的马系住，意思是没有办法不让他走。锁，拘系住。雕鞍，雕刻有花纹的马鞍。

〔17〕去后思量悔应晚：待他去后思量起来，后悔也晚了，有“追悔莫及”的意思。

【译文】

在秋江岸边送才郎出远门，斟满离别的酒，唱着阳关曲为才郎饯行。酒喝得差不多了，离歌还没有唱完，可是要分手了，彼此难过得说不出话来，只有无可奈何地对着天空长长地唉声叹气。

月儿缺了，花儿凋零了，才郎离去，枕剩衾寒。才郎不在身边，脸上也不再擦香粉，眉儿紧皱，头发蓬松。心里挂念才郎，不知他在外面怎么样了，可是才郎却连一封家信也没有回。

眺望着远山，依凭着栏杆。当时（我）没有办法把他留下来。待他走后思量起来后悔也晚了。唉！分别是那么容易，要想见面却如此艰难。

【赏析】

这首小令题名《闺情》，是写女子思念情人的作品。全曲以铺陈直叙的艺术手法，明快清新的语言，抒写了与爱人江岸惜别之情，细致刻画了女子思念情人的心理状态。

[正宫] 醉　太　平

钟嗣成

风流贫最好〔1〕，村沙富难交〔2〕。拾灰泥补砌了旧砖窑，开一个教乞儿市学〔3〕。裹一顶半新不旧乌纱帽，穿一领半长不短黄麻罩〔4〕，系一条半联不断皂环绦〔5〕，做一个穷风月训导〔6〕。

【注释】

〔1〕风流：指有才情而不拘礼法。

〔2〕村沙：粗鲁，狠戾。

〔3〕乞儿市学：为乞丐办的学校。

〔4〕黄麻罩：即粗布麻线做的罩衣。

〔5〕半联不断皂环绦：破旧的黑腰带。

〔6〕训导：古代以训导为学官名。

【译文】

穷风流最好，庸俗无知的富贵者太难交。捡灰泥把旧砖窑来补砌，开一所教乞儿学文识字的公学堂。头裹一顶半新不旧的乌纱帽，身穿一件半长不短的黄罩褂，腰系一条半联不断的黑绦带，当一个穷风流的训导学官。

【赏析】

这首小令，作者一上来就对“穷人”和“富人”表示了鲜明的态度，尤其是“村沙富难交”，可以说是作者生活经验的结晶。在这样的社会里，最好的事情是收拾一下旧砖窑给“乞儿”们办学，而自己呢，去当个教乞儿的“训导”。这样既不必去乞求于那些富户，也不必和世俗人物打交道。这首小令语言通俗，加上连用了三句“半新不旧”、“半长不短”、“半联不断”，既增加了小令的情趣，又增强了作品的音乐感！

[正宫] 醉太平·无题

钟嗣成

绕前街后街，进大院深宅。怕有那慈悲好善小裙钗[1]，请乞儿一顿饱斋，与乞儿绣副合欢带[2]，与乞儿换副新铺盖，将乞儿携手上阳台[3]。救贫咱波奶奶[4]！

【注释】

〔1〕小裙钗：裙、钗均为女子穿戴之物，指代年轻女子。

〔2〕合欢带：象征男女欢爱的丝织绣带。

〔3〕上阳台：指男女合欢之所。战国宋玉《高唐赋》：“旦为朝云，暮为行雨，朝朝暮暮，阳台之下。”

〔4〕咱波：语助词。奶奶：宋元时对妇女的敬称。

【译文】

绕过前街后街，走进大院深宅。恐怕遇到个慈悲向善的小女子，请乞儿吃一顿饱饭，给乞儿绣一副合欢带，替乞儿换上一副崭新的铺盖，与乞儿携手一同去享受那男欢女爱。救救我这个穷人呀，好奶奶！

【赏析】

此曲描写了乞儿无拘无束的生活和思想情趣，表现元代处于社会底层的穷人和寒儒的生活风貌和心理状态。作为一个乞儿，却幻想遇到一位慈悲的女子施舍给他衣食，与他风流快活。乍一看，觉得这种非分之想十分可笑，但却是人性的基本渴求。作者把文人与乞儿混为一体，实际上是对元代“八娼九儒十丐”不平等世道的嘲弄，嬉皮笑脸的背后却饱含着知识分子辛酸的眼泪。

［仙吕］寄生草·感世查

查德卿

姜太公贱卖了磻溪岸[1]，韩元帅命博得拜将坛[2]。羡傅说守定岩前版[3]，叹灵辄吃了桑间饭[4]，劝豫让吐出喉中炭[5]。如今凌烟阁一层一个鬼门关[6]，长安道一步一个连云栈[7]！

【注释】

〔1〕“姜太公”句：意为姜太公轻易地卖了磻溪隐居之地去做官不值得。磻溪：在今陕西宝鸡市东南，北流入于渭水。相传姜太公曾在此垂钓。

〔2〕“韩元帅”句：意为韩信用生命为代价去取得登坛拜将的地位也不值得。

〔3〕“羡傅说”句：意为羡慕傅说能坚定隐居傅岩以筑墙为生。傅说，为殷高宗时贤相，他曾隐居于傅岩以筑墙为生。后来高宗举以为相。版，筑墙的夹板。

〔4〕“叹灵辄”句：春秋时晋灵公的大夫赵盾在翳桑打猎，看到灵辄饿倒在那里，就拿饭给他吃。后来晋灵公派甲士刺杀赵盾，灵辄当时正好充当灵公的甲士，便倒戈保护赵盾，以报一饭之恩。

〔5〕“劝豫让”句：豫让是战国时晋国人，因晋国大夫智伯的信任，在智伯被赵襄子灭后，他涂漆为癞，吞炭为哑，毁形变声，以便行刺赵襄子，为智伯报仇，结果失败被抓自杀。

〔6〕凌烟阁：唐太宗为表彰功臣而建的楼阁，阁上绘有二十四位功臣的画像。

〔7〕长安道：喻指做官入仕的仕途。连云栈：在今陕西汉中一带。为高悬云天的险恶的栈道，在悬崖上凿孔架木板铺成。

【译文】

姜太公去做官贱卖了磻溪岸，韩元帅用性命换来拜将坛。羡慕傅说守定岩前筑墙板，悲叹灵辄以一命换来桑间饭，劝豫让不必为主报仇应吐出喉中炭。如今你想建功立业进入凌烟阁，那是一层一个鬼门关；你想到长安求取仕进为国效力，道路艰难一步一个连云栈。

【赏析】

这首小令对前代贤臣侠士的评价，一反传统习见，不予推崇，而表示惋惜。诸如姜太公遇文王、韩信拜将、傅说举相、灵辄舍命报恩、豫让涂漆吞炭报主，作者都认为不值得，用“贱卖”、“命博”等词表示可惜。这种一反传统的见解，是作者不满现实愤世嫉俗的情感的宣泄。

［双调］蟾宫曲·怀古

查德卿

问从来谁是英雄？一个农夫[1]，一个渔翁[2]。晦迹南阳[3]，栖身东海[4]，一举成功。八阵图名成卧龙[5]，《六韬》书功在非熊[6]。霸业成空，遗恨无穷[7]。蜀道寒云，渭水秋风[8]。

【注释】

〔1〕农夫：指诸葛亮。他曾隐居南阳，躬耕陇亩。

〔2〕渔翁：指姜太公吕尚，他曾在渭水之滨垂钓。

〔3〕晦迹：隐迹，隐居。这里指诸葛亮隐居南阳。

〔4〕东海：《史记·留侯世家》：“吕尚处士，隐海滨。”姜太公曾隐居于东海之滨。东海，相当于今天的黄海。

〔5〕“八阵图”句：诸葛亮推演兵法，曾作八阵图，即由天、地、风、云、龙、虎、鸟、蛇八种阵势所组成的阵图。后用以代指其军事才能。卧龙，指诸葛亮。《三国志·诸葛亮传》：徐庶谓先主曰：“诸葛孔明者，卧龙也，将军岂愿见之乎？”

〔6〕“六韬”句：姜太公著《六韬》兵书，建立了丰功伟绩。《六韬》，兵书，相传为吕尚所著。分文、武、龙、虎、豹、犬六韬。非熊，指姜太公吕尚。传说周文王有一次打猎前占卜，卜辞说：“所获非龙非骊，非虎非熊，所获霸之辅。”周文王果然在渭水边得遇吕尚，遂成霸业。

〔7〕遗恨：唐杜甫《八阵图》诗：“功盖三分国，名成八阵图。江流石不转，遗恨失吞吴。”

〔8〕渭水秋风：唐贾岛《忆江上吴处士》：“秋风吹渭水，落叶满长安。”这里隐指吕尚，他在渭水之滨遇文王。作者感叹物是人非，此时只留下凄凉的古迹任后人凭吊。

【译文】

试问古往今来谁是英雄？一个是躬耕南阳的农夫诸葛亮，一个是垂钓渭滨的姜太公。诸葛亮隐居南阳，姜太公栖身东海，他们一举成功，名垂千古。诸葛亮因八阵图而功成名就，姜太公以《六韬》兵书而名闻天下。他们辅成的霸业，早已成为过眼烟云，留下的是无穷的愁恨。蜀道高峻，飞掠寒云，渭水之滨，秋风萧瑟，而今只剩下了压天的寒云和那萧瑟的秋风。

【赏析】

在众多的前贤先哲中，勋业彪炳的姜子牙、诸葛亮最为人们称道和敬仰，作者也称他俩是“英雄”。然而昔日的君臣际会，成就的霸业，如今都已成为过眼烟云。剩下的只有蜀道的寒云，渭水的秋风。

这只曲子题为《怀古》，借发思古之幽情，隐含着对现实社会的不满和牢骚。

[双调] 蟾宫曲·山间书事

吴西逸

系门前柳影兰舟[1]，烟满吟蓑，风漾闲钩[2]。石上云生，山间树老，桥外霞收[3]。玩青史低头袖手[4]，问红尘缄口回头[5]。醉月悠悠，漱石休休[6]。水可陶情，花可融愁[7]。

【注释】

〔1〕柳影：柳荫。兰舟：本指木兰做的小舟，这里是对船的美称。

〔2〕风漾闲钩：钓鱼的鱼钩在轻风吹拂的河面微微地荡漾。漾，水波摇动的样子。

〔3〕桥外霞收：天边的晚霞渐渐消失。

〔4〕玩：玩味。青史：古代以竹简记事，因而称史书为青史。袖手：袖手旁观，不闻不问。

〔5〕缄口：闭口。

〔6〕漱石：水冲洗石头。

〔7〕融愁：消除愁闷。

【译文】

门前的柳荫下系着小舟，身披蓑衣在烟霭中吟咏，鱼钩在轻风吹拂的河面微微地荡漾。山石上的白云冉冉升起，山间冷寂树木枯老，天边的晚霞渐渐消失。玩味青史低头沉吟旁观袖手，面对现实闭口不语掉首回头。醉赏明月其乐悠悠，归隐林泉枕石漱流万事休休。清泉可以陶冶性情，山花可以消除愁闷。

【赏析】

作者生活在山间，不问世事；读古史只为了消遣而不加品评，对现实则“缄口回头”而不问是非。一心只求醉赏明月，让水来陶冶自己的性情，让花来消除自己的愁闷。

[双调] 殿前欢·懒云巢

吴西逸

懒云巢[1]，碧天无际雁行高。玉箫鹤背青松道[2]，乐笑逍遥。溪翁解冷淡嘲[3]，山鬼放揶揄笑[4]，村妇唱糊涂调。风涛险我[5]，我险风涛。

【注释】

〔1〕懒云巢：即懒云窝。

〔2〕玉箫鹤背：暗用王子晋吹箫骑鹤升天典故。

〔3〕溪翁：指隐士。解嘲：对别人的嘲笑自作解释不放在心上。

〔4〕“山鬼”句：《世说新语·任诞》：晋代罗友为桓温幕僚，桓温虽器重其才学，却认为他放荡不羁，不宜做官，一次桓温为一人升官设宴送行，罗友迟到了，桓温问他原因，他说：“我早就出来了，在路上碰见一个鬼，他嘲笑我说：‘我只见你送别人去做官，却为何不见有人送你上任做官？’我自感惭愧，对他作了一番解释，就迟到了。”揶揄，嘲笑。

〔5〕风涛：宦海。

【译文】

幽居在懒云窝，无边无际的蓝天上高飞着一行行大雁。吹着玉箫骑在鹤背上飞行在青松道，欢乐开怀自在逍遥。隐居溪谷的隐士自甘淡泊，对于世俗的讥笑不在意，山鬼发出戏弄嘲讽的笑，村妇唱着糊涂调。我远离宦海，远离宦海的是我。

【赏析】

这首曲子抒写了作者厌弃官场，甘愿过淡泊的隐居生活的情怀。作者深感官场风涛的险恶，而不怕被人嘲笑，乐于隐居生活在溪谷村野。此曲多用典故，表现了很深的厌世之情和对自由生活的向往。

[双调] 雁儿落过得胜令·叹世

吴西逸

春花闻杜鹃，秋月看归燕。人情薄似云，风景疾如箭[1]。留下买花钱，趱入种桑园[2]。茅苫三间厦[3]，秧肥数顷田。床边，放一册冷淡渊明传；窗前，抄几联清新杜甫篇。

【注释】

〔1〕“风景”句：喻一年四季景物变化极快。

〔2〕趱入：赶快走入。

〔3〕茅苫：割茅苫房。

【译文】

春花绽放时听杜鹃鸣啼，秋日月光下看南归的飞燕。世人的人情薄得像浮云，自然中的景色快速变化就像离弦的箭。留下买花的钱，积攒起来投入桑麻园。盖起茅屋三四间，置办秧田有数顷。床边放一本清淡幽渺的陶渊明传，窗前抄几首风格清新的杜甫诗篇。

【赏析】

这首小令所写的是归隐田园之乐。

前四句点出了自己所以归隐的原因。从暮春花残时节，听到杜鹃声声“不如归去”，到秋风明月夜，燕子南归，景物变化疾如箭。春去秋来，飞鸟尚且恋归，何况人呢？久客在外，看透人情淡薄，无可留恋，当归。

后八句为第二层，承前写归隐后的田园生活。“留下买花钱，趱入种桑园”，是说自己离开喧闹的城市生活而归耕田园。“趱入”，则反映了作者归耕田园的迫切心情。最后两句表明了作者的精神追求。不为五斗米折腰而归隐田园的陶渊明；一生坎坷，穷困潦倒，所作诗关心民间疾苦的杜甫，正是作者生活的榜样。

全曲朴实自然，毫无雕饰之处，清新流丽，平易浅近，这大概是学习“冷淡渊明传”和“清新杜甫篇”的结果吧。

[双调] 殿　前　欢

卫立中

碧云深，碧云深处路难寻。数椽茅屋和云赁[1]，云在松阴。挂云和八尺琴[2]，卧苔石将云根枕[3]，折梅蕊把云梢沁。云心无我，云我无心[4]。

【注释】

〔1〕椽：房屋单位词，数椽即数间。赁：租借。

〔2〕云和：山名，以产琴瑟著称。

〔3〕云根：指山石，古人认为云“触石而生”，故以石为云根。

〔4〕“云心”二句：意思是云彩心里没我，若有我，为什么它总是飘忽变幻，若隐若现，不即不离？但它的虚无缥缈正说明它没有半点尘俗之念，这一点又极其像我。

【译文】

在那碧云深处，道路缥缈难寻觅。把几间茅屋和碧云一起租过来，碧云留在松荫上，再挂起名贵的云和八尺琴，卧在苍苔石上，把云根当做枕头枕，又折下梅花拿到云梢上浸润。云彩飘忽不定，心里没有我，云彩也和我一样没有俗念尘心。

【赏析】

这首小令写超尘脱俗的隐逸生活。隐士清高脱俗，他们蔑视人世间的功名富贵和一切陈规陋习，崇尚心灵世界的一尘不染；行为方式散诞不羁，追求一种清静无为、无拘无束的自在逍遥生活。

数间茅屋，被松树的浓荫覆盖；周围白云缭绕，与烦嚣的俗世远远隔绝。室内陈设简陋，除墙上挂着的一张古琴外，几乎就再无长物了，可见这位隐士生活的俭朴和情趣的高雅。接着是把名贵的云和八尺琴挂在树枝上，脑袋枕着云根躺卧在长满青苔的岩石上，折一枝盛开的梅花在云中轻轻摇荡，让云梢云根都浸透着梅花的幽香。这是一个多么幽美迷人、超尘脱俗的神仙世界。

结尾“云心无我，云我无心”二句，有一种物我相融，云我化一的境界，透着几分佛家的玄妙。

全篇风格素朴淡远，与所要表现的隐士风致和谐地融合为一。

[中吕] 满庭芳·渔

赵显宏

江天晚霞，舟横野渡〔1〕，网晒汀沙〔2〕。一家老幼无牵挂，恣意喧哗〔3〕。新糯酒、香橙藕芽，锦鳞鱼、紫蟹红虾。杯盘罢，争些醉煞〔4〕，和月宿芦花〔5〕。

【注释】

〔1〕舟横野渡：小船横泊在荒野渡口。此句化用唐朝韦应物《滁州西涧》“野渡无人舟自横”诗意。

〔2〕汀沙：水边的沙滩。

〔3〕恣意：尽情任性。

〔4〕争些醉煞：险些饮酒大醉。争些：险些。

〔5〕“和月”句：伴着月光歇宿在芦花荡中。

【译文】

江水倒映着绚丽晚霞，小小渔船横泊在荒野渡口，渔网凉晒在水边的沙滩上。一家老幼齐聚一堂无牵无挂，尽情地说笑喧哗。喝着新酿成的糯米酒，品尝香橙和嫩藕芽，还有锦鳞鲜鱼和紫蟹红虾。等到杯中酒空盘中菜尽时，险些喝醉，伴着月光歇宿在芦花荡中。

【赏析】

这首曲子前三句写捕鱼归来停船晒网。次二句写一天劳动之后，一家老小无牵无挂地尽情享受天伦之乐。他们喝的是新酿的糯米酒，吃的是刚采摘的香橙和新挖的嫩藕，以及闪着锦缎般光泽的鲜鱼，肥美的紫蟹，鲜红的大虾。寥寥十四个字，将渔家自给自足的陶然之乐跃然纸上。结尾三句写酒足饭饱之后，趁着醉意，伴着月光，在芦花深处的扁舟上酣然入睡。

此曲格调清新欢快，文词流丽自然，写渔家自得的生活令人悠然神往。字里行间隐含着淡泊名利之情。

[南吕]一枝花·怨雪

唐毅夫

[一枝花]不呈六出祥[1]，岂应三白瑞[2]？易添身上冷，能使腹中饥，有甚稀奇？无主向沿街坠，不着人到处飞。暗敲窗有影无形，偷入户潜踪蹑迹。

[梁州]才苫上茅庵草舍[3]，又钻入破壁疏篱。似杨花滚滚轻狂势。你几曾见贵公子锦裀绣褥？你多曾伴老渔翁箬笠蓑衣？为飘风胡做胡为，怕腾云相趁相随。只着你冻的个孟浩然挣挣痴痴[4]，只着你逼的个林和靖钦钦历历[5]，只着你阻的个韩退之哭哭啼啼[6]。更长，漏迟[7]，被窝中无半点儿阳和气[8]。恼人眠，搅人睡。你那冷燥皮肤似铁石，着我怎敢相偎？

[尾]一冬酒债因他累，千里关山被你迷。似这等浪蕊闲花也不是久长计。尽飘零数日，扫除一堆，我将你温不热薄情儿化做了水。

【注释】

〔1〕六出：指雪花。雪花呈六角形，故人以六出或六花指代雪花。

〔2〕三白：指雪。因雪花飘落，天、地、万物都变成银白一片，故又称雪花为“三白”。

〔3〕苫：覆盖。

〔4〕挣挣痴痴：指冻得发呆，这里用孟浩然骑驴冒雪寻梅典故，说明大雪把他冻得都发呆了。

〔5〕林和靖：即林逋。钦钦历历：指冻得发抖。

〔6〕韩退之：即韩愈。

〔7〕更长，漏迟：指漫漫长夜。

〔8〕阳和气：暖和气。

【译文】

[一枝花]若不是六瓣的形状符合吉祥，又怎么能有瑞雪呈祥，瑞雪兆丰

年的说法呢？雪常常让人身上更添寒冷，让人困苦不堪腹中饥，有什么好稀奇的？它不能主宰自己任凭坠落街头巷尾，不能撩人情意一味到处乱撞乱飞。它悄悄地敲打窗户有影无形，偷偷地入户潜踪匿迹十分诡秘。

[梁州] 你刚刚覆盖茅庵草舍，马上又钻入破壁疏篱，像杨花滚滚轻狂猖獗。你几时飘进过贵公子的锦褥绣被？你多曾伴戴笠穿蓑老渔翁？你依仗风势胡作非为，怕腾上云霄只在地上飘浮纠缠。你冻得骑驴觅诗的孟浩然呆呆痴痴，你逼得林和靖战战栗栗，你阻得被贬的韩愈哭哭啼啼，长夜漫漫，更漏迟迟，被窝中竟没有半点暖和气。你恼人眠，搅人睡。你那冷燥皮肤似铁石，教我如何敢相依相偎？

[尾] 一冬的酒债都因为你这无情的寒雪而欠钱累累，千里关山被你阻隔，因你迷路而有家难归。像你这样的闲花浪蕊不会长久，不管你飘零有多久，最终要将你这“薄情儿”清扫成堆化为水！

【赏析】

这是一篇咏雪的套曲。作者运用拟人化手法，一反咏雪作品对雪的赞美，表达对雪轻狂猖獗，肆意作恶的怨愤。

此篇套曲题为《怨雪》，通篇却不见一“雪”字，而又句句在言雪。作者十分成功地运用拟人化手法，赋予雪以人的性格和形象。可以看出，这里作者借雪来鞭挞某种社会恶势力和当时的社会现实。

[双调] 寿阳曲·厌纷

李爱山

离京邑，出凤城[1]，山林中隐名埋姓。乱纷纷世事不欲听，倒大来耳根清静[2]。

【注释】

〔1〕京邑、凤城：都是指京城。

〔2〕倒大来：元曲中常用词语，极大、十分、多么、何等的意思。

【译文】

离开京都，愤然地走出城门，到山林中隐名埋姓。世上那些乱纷纷事情不愿听，只求个耳根彻底清净。

【赏析】

这首小令写的是厌世归隐。表现了作者的愤世嫉俗，也是怀才不遇者的心声，揭露了元朝末期的政治腐败。

[越调] 天净沙·秋

朱庭玉

庭前落尽梧桐，水边开彻芙蓉〔1〕。解与诗人意同〔2〕，辞柯霜叶〔3〕，飞来就我题红〔4〕。

【注释】

〔1〕开彻：开透了。这里是凋谢的意思。芙蓉：荷花的别名。

〔2〕解：理解。

〔3〕辞柯：从枝干上飘落。霜叶：即枫叶。

〔4〕题红：写诗。这里用唐人“红叶题诗”的典故。据说唐代一个宫女在红叶上题诗寄情，经御沟流出，为一士人所得，使二人结为佳偶。

【译文】

庭院前梧桐树的叶子都落尽了，水边的荷花也凋谢了。经霜的红叶好像懂得诗人的心意，它们辞别了枝条，飞到身边来要我题写诗句。

【赏析】

这首曲子是借秋景而抒发诗兴。作者看到庭前梧桐树的叶子都掉光了，池边的荷花也凋谢了，不禁心中生起一丝悲秋之意。但是，飘落的红叶却给诗人带来了一缕慰藉，引起了诗人对美好事物的憧憬。霜叶似乎带有灵气，善解人意。一“辞”，一“就”，作者将其化无情为有情，使得此曲耐人寻味。

[中吕] 阳春曲·赠茶肆

李德载

茶烟一缕轻轻飏，搅动兰膏四座香[1]。烹煎妙手赛维扬[2]。非是谎，下马试来尝！

【注释】

〔1〕兰膏：古代用泽兰炼成的油脂，有香气。这里形容泡后的茶水。

〔2〕烹煎：煮茶的方法。维扬：今江苏扬州的别称。

【译文】

烹茶的烟气一缕缕轻轻飘扬，搅动时带出的香气传向四座。烹茶的高手胜过扬州的名家。这个不是我说谎，要不然下马来尝尝。

【赏析】

此曲是作者《赠茶肆》十曲中的第一曲，夸赞茶肆烹茶的高超功夫。

开头两句描写的是茶肆中烹茶的情景，接着赞扬烹茶师傅的高超技艺，都是从正面加以叙述和评价的。最后两句以店家招徕叫卖的语气，请人品尝，强调了前面内容的真实可信，同时又进一步夸赞茶馆中的茶。

这首曲子语言雅俗相兼，风格清新明快，呼之欲出。

[中吕] 红绣鞋·晚秋

李致远

梦断陈王罗袜[1]，情伤学士琵琶[2]。又见西风换年华。数杯添泪酒[3]，几点送秋花[4]，行人天一涯。

【注释】

〔1〕陈王：指陈思王曹植，相传他曾求甄女为妻，未遂，后甄女归曹丕。曹植因失之交臂而遗恨，故作《洛神赋》。“罗袜”即语出《洛神赋》：“体迅飞凫，飘忽若神。凌波微步，罗袜生尘。”

〔2〕学士琵琶：学士指白居易，曾作《琵琶行》。

〔3〕“数杯”句：范仲淹在《苏幕遮》中写道：“酒入愁肠，化作相思泪。”这里化用其意。

〔4〕秋花：指菊花。

【译文】

有着陈王曹植与洛神失之交臂的怅恨，又有过白居易在《琵琶行》中的伤感，又是一年岁月流逝，年华更换，面对漂泊天涯的困境，几点秋花零落，秋意萧瑟，只能独饮几杯泪酒，愁绪万千，悲伤不已。

【赏析】

此曲用简练的语言表现了与朋友分别时的悲伤情绪。题目是晚秋，晚秋本来就有一种凄凉萧瑟的氛围。开首两句典故写“梦断”加上“情伤”，渲染了离别的气氛。酒是“添泪酒”，花是“送秋花”，这些客观的事物都染上了感情色彩。最后一句长叹，对于友人远行天涯感到无比伤怀。

[越调] 天净沙·春闺

李致远

画楼徙倚阑杆[1]，粉云吹做修鬟[2]，璧月低悬玉弯[3]。落花懒慢，罗衣特地春寒。

【注释】

〔1〕徙倚：徘徊留连不走。

〔2〕粉云：指柳絮。修鬟：修美的发髻。

〔3〕璧月：圆月。

【译文】

徘徊在画楼栏杆前，柳絮如彩云般飘飞在女子的发髻上，玉璧一样的明月弯弯。花儿慢慢地飘落，罗衣单薄感到特别清寒。

【赏析】

这首小令写闺怨，以白描手法生动描写女子春天月夜徘徊于画楼栏杆下想念、企盼情人的情景，神只影单凄凉萧瑟的境界颇为感人。

[中吕] 普天乐·嘲西席[1]

张鸣善

讲诗书[2]，习功课。爷娘行孝顺[3]，兄弟行谦和，为臣要尽忠，与朋友休言过[4]。养性终朝端然坐[5]，免教人笑俺风魔[6]。先生道学生琢磨[7]，学生道先生絮聒[8]，馆东道不识字由他[9]。

【注释】

〔1〕西席：家塾延聘的教书先生的代称。古代以西为尊，故主人座东而宾客座西，称教书先生为“西席”或“西宾”。

〔2〕诗书：这里是儒家经典四书五经的代称。

〔3〕行：宋元俗语，这里、这边的意思。

〔4〕过：过错。

〔5〕养性：本意是涵养本性，这里指用儒家教条来约束人的性情。

〔6〕风魔：颠狂。

〔7〕琢磨：原指雕玉刻石，引申为研究探讨。

〔8〕絮聒：言语啰唆。

〔9〕馆东：家塾主人的称谓。

【译文】

先生讲授四书五经，学生习作功课。对爷娘要行孝顺，对兄弟要行谦和。为臣要竭尽忠心，和朋友相交莫言其过。整天要端端正正坐好，养好性子，免得让人耻笑我是个颠狂。先生要学生对儒家说教“好好琢磨”，学生却说他“啰哩啰唆”，馆东生气地说道“不识字由他”。

【赏析】

这首小令富有喜剧色彩。全曲没有一句写景抒情的文字，全凭塾师对学童的一番讲授训诲的话，生动地描出他那拘守儒家理学的冬烘先生形象。在嘲笑私塾馆教书先生的同时，也从侧面揭露和嘲笑封建教育制度的僵化。而作者却始终不动声色，冷眼旁观，暗寓褒贬。

[双调] 水仙子·讥时

张鸣善

铺眉苫眼早三公[1]，裸袖揎拳享万钟[2]，胡言乱语成时用[3]。大纲来都是烘[4]，说英雄谁是英雄？五眼鸡岐山鸣凤[5]，两头蛇南阳卧龙[6]，三脚猫渭水非熊[7]。

【注释】

〔1〕铺眉苫眼：挤眉弄眼，装模作样，盛气凌人的样子。三公：周朝三公是太师、太傅、太保，历代名称各不相同。这里是指朝廷最高官职。

〔2〕裸袖揎拳：卷起袖子，露出胳膊，准备打架的样子。万钟：泛指极高俸禄。一钟为六斛四斗。

〔3〕成时用：被重用，吃得开。

〔4〕大纲来：元时俗语，即总而言之。烘：一作“哄”，欺骗，胡闹。

〔5〕五眼鸡：即乌眼鸡，好斗的鸡。岐山鸣凤：比喻兴世的贤才。传说周朝将兴，有凤鸣于岐山。时人称此山为凤凰山。岐山，在今陕西省岐山县东北。

〔6〕两头蛇：相传是一种剧毒蛇。南阳卧龙：即三国时的诸葛亮。他曾隐居南阳。

〔7〕三脚猫：三条腿行动不便的猫，俗指不中用、只会败事的人。渭水非熊：指辅周灭纣的姜子牙。他曾隐居渭水边钓鱼。

【译文】

装模作样的人早已位居高官，强横霸道的人享受到丰厚的俸禄，胡说八道欺世盗名竟然受到重用。总而言之这些人都是瞎起哄。说英雄可到底谁是英雄？逞勇好斗如同乌眼鸡的冒充了凤鸣岐山的周文王，狠毒如两头蛇的替代了卧龙先生诸葛亮，招摇撞骗的三脚猫成了垂钓渭水大兴周室的姜子牙。

【赏析】

这首小令讥讽时政。尖锐地揭露元朝当政者卑劣腐朽的面目，揭露世风的龌龊败坏。语言犀利泼辣，比喻极具特色，夸张的描写，揭露尖刻有力。

[中吕] 普天乐·咏世

张鸣善

洛阳花〔1〕，梁园月〔2〕，好花须买，皓月须赊〔3〕。花倚阑杆看烂漫开，月曾把酒问团圆夜。月有盈亏，花有开谢，想人生最苦离别。花谢了三春近也〔4〕，月缺了中秋到也，人去了何日来也？

【注释】

〔1〕洛阳花：指牡丹花。唐宋时代洛阳牡丹花最盛，被称为天下第一。

〔2〕梁园月：即于梁园所赏之月。梁园为西汉梁孝王所建，是文人才子歌咏艳羡之地。

〔3〕赊：欠账购买东西。

〔4〕三春：孟春、仲春、季春，即指春天。

【译文】

洛阳牡丹美，梁园皓月明媚。不管是好花还是明月，都得花钱购买。倚着阑杆看牡丹烂漫盛开，握着酒杯盼着明月东升。月儿有圆有缺，花儿有开有落，细想起来，人生最苦的是离别。花谢了逢春还会再开，月缺了中秋还可重圆，可人一旦离去，不知何日才能归来？

【赏析】

这首小令的前六句写洛阳牡丹盛开和梁园赏月的胜景，以欢乐场面为下面曲情作形象化的铺垫。到七、八两句笔锋一转，抒发感慨，“想人生最苦离别”，这大概是此曲题为《咏世》所要表达的本意。最后三句是进一层补充说明七、八两句的意思，用花落会再开，月缺有重圆来对比、衬托“人去了何时来也”。

此曲前面六句以对偶形式分咏花月，中间两句和后面三句，以花、月和人作对比，不但文字新巧，而且蕴含哲理意味，耐人咀嚼。

[双调] 水仙子·自足

杨朝英

杏花村里旧生涯，瘦竹疏梅处士家[1]，深耕浅种收成罢。酒新篘[2]，鱼旋打[3]，有鸡豚竹笋藤花。客到家常饭，僧来谷雨茶[4]，闲时节自炼丹砂[5]。

【注释】

〔1〕处士：不做官的人，指隐士。

〔2〕篘：滤酒。

〔3〕旋：刚刚。

〔4〕谷雨茶：谷雨节前采摘的春茶。

〔5〕炼丹砂：古代道士炼制丹砂，传说食之可以延年益寿。

【译文】

杏花村里过着诗酒生活，门前有瘦竹疏梅就是我的家，一年的深耕浅种庄稼已收罢。酒是新酿，鱼是刚打，又有鸡豚竹笋与藤花。客人来了就请他吃家常饭，僧人来了就请他喝谷雨新茶，闲暇时便自炼丹砂。

【赏析】

这首小令也如题目所标出的，表现了作者无所追求、自足常乐的思想。一年耕种、收获完毕，便打鱼饮酒，过着逍遥自在的生活；及至有客到时，就以家常饭相待，有僧人到时，就奉献给他一杯谷雨新茶。闲时节呢，自己来炼丹砂进行养性，这就是“自足”。其实，在封建社会里，哪儿有这样不受社会干扰的“自足”生活呢！它不过是人们的一种空想而已。

[商调] 梧叶儿·客中闻雨

杨朝英

檐头溜，窗外声，直响到天明。滴得人心碎，聒得人梦怎成[1]？夜雨好无情，不道我愁人怕听[2]！

【注释】

〔1〕聒：吵闹。

〔2〕不道：不顾，不管。

【译文】

屋檐下淅淅沥沥不停地滴水，雨点敲击窗外的声音一直响到天明。雨声滴得人心碎，吵得人梦怎能成？夜雨太无情，它也不管我这忧愁的人怕听！

【赏析】

这首小令，从题目中，反映出的也是游子的离愁别恨。或许为了生计，游子不得不离家，离开亲人外出。心绪本来不佳，客舍中，天空又淅淅沥沥飘起了雨，从檐瓦上滴下，滴在窗外，难免不令人孤独的心情又添愁烦；辗转反侧，一夜难眠，好梦难成，难免不令人怨恨雨滴：“夜雨好无情，不道我愁人怕听！”小令写客人客于客舍，愁思怕听雨声的心情非常传神。其起句就写得非常入境：“檐头溜，窗外声，直响到天明。”不是主人公一夜未眠，窗外雨声一夜未歇哪得知！不是夜雨滴个不停，直到天明，主人公哪会一夜未眠！实写雨，虚写人，实中有虚，虚中有实。尤其“滴”、“聒”二字的运用，赋予雨以人的声音、动态，更加形象地传达出了夜雨不解人意，好无情、愁人怕听的愁思。

[中吕] 红绣鞋·阅世

宋方壶

短命的偏逢薄幸〔1〕，老成的偏遇真成〔2〕，无情的休想遇多情。懵懂的怜瞌睡〔3〕，鹘伶的惜惺惺〔4〕。若要轻别人还自轻。

【注释】

〔1〕短命的：缺德的人。薄幸：薄情的人。

〔2〕真成：即真诚。

〔3〕懵懂的：糊涂人。瞌睡：指糊涂人。

〔4〕鹘伶的：聪明机灵的人。惺惺：指聪明机警人。

【译文】

缺德短命的人一定会碰到薄情寡义的人，老成厚道的人一定会得到别人的真诚相待，无情的人休想取得他人的同情。不晓事的糊涂人必然赏识糊涂人，聪明人也会受到机灵人的爱惜，若要轻视别人等于把自己轻视。

【赏析】

世上最深刻的道理，往往也最明白易懂。这篇小令最为引人注目的特点就在于，它用几乎是人们日常习用的口语，概括了人们司空见惯的人情世态，对善恶美丑，是非曲直作出了旗帜鲜明的道德评判，用以荡涤污浊卑下的灵魂，赞美纯洁崇高的人格，以使社会风气得到净化，生活变得更加美好。

同时，告诫人们不要互相轻贱倾轧，而要互相友爱尊重，并以此警句简洁干净地结束全篇，使整首小令闪烁着耀眼的哲理性光芒，从而更加启人憬悟，发人深省。

[双调] 水仙子·叹世

宋方壶

时人个个望高官，位至三公不若闲[1]。老妻顽子无忧患[2]，一家儿得自安，破柴门对绿水青山。沽村酒三杯醉，理瑶琴数曲弹[3]，都回避了胆战心寒。

【注释】

〔1〕三公：官名，周代太师、太傅、太保为三公，汉代司马、马徒、司空为三公。是朝廷最高长官。不若闲：不如闲居野处。

〔2〕顽子：对儿子的爱称。

〔3〕瑶琴：以美玉装饰的琴。

【译文】

时人个个都在盼望做高官，（在我看来）即使官位到了三公，倒不如闲居野处。身旁有老妻硕子相伴，一家人自得其乐，虽然柴门破旧，但面对的却是绿水青山。兴来时，沽酒买醉，酒酣时，就弹琴自娱，把那担惊受怕的不测之祸统统地都躲过。

【赏析】

这首《叹世》，道出了封建社会仕途的险恶，为官的人整天在胆战心寒中度日。人人都盼望得到高官，其实呢，就是位居三公这样的高位，还是不如做老百姓的清闲自在，子孙们可以无忧无虑，一家人可以相安无事。尽管破柴门远比不上朱门的豪华。但是住在破柴门中可以尽享大自然的美妙。这显然是失意文人自我安慰的话，也表现了作者对仕途尔虞我诈的厌倦。

[中吕] 红绣鞋·秋日湖上〔1〕

王举之

红叶荒林酒兴，黄花老圃诗情。柳塘新雁两三声〔2〕。湖光扶不定，山色画难成，六桥风露冷〔3〕。

【注释】

〔1〕湖上：这里指西湖。

〔2〕新雁：秋天大雁开始从北方往南方飞，故说新雁。

〔3〕六桥：西湖名胜。

【译文】

荒林中美丽的红叶引起了我的酒兴，老圃中芳香的黄菊激发了我的诗情。往南飞的秋雁飞过杨柳池塘时不住地鸣叫。阳光下湖面波光粼粼闪烁不定，美妙的山色是难以用画来描绘的，黄昏时路过六桥，风正寒，露正冷。

【赏析】

此曲描写的是秋日游西湖的景象。写景如画，声色俱在，给人以纯自然的秋日感受。结尾一个“冷”字，一语双关，既写出了作者对当时自然环境真实的感受，也道出了作者触景生情，忽然感到自己年华老去，好景无多，不由得从心中感到了一丝“冷”意。从这里我们也可以隐约地看到在诗人闲逸潇洒的外衣下，还裹着一些世俗的烦恼。

[正宫] 塞鸿秋·浔阳即景

周德清

长江万里白如练[1]，淮山数点青如淀[2]。江帆几片疾如箭，山泉千尺飞如电。晚云都变露，新月初学扇，塞鸿一字来如线[3]。

【注释】

〔1〕练：白绸带子。

〔2〕淮山：指淮水两岸的山。淀：同“靛”，深蓝色的染料。

〔3〕塞鸿：边塞的大雁。

【译文】

万里长江像绢带般柔软而洁白，淮河以南的几处山峦青如蓝靛，江上的风帆飞快而过像离弦的箭，高山的瀑布如同电光般飞泻而下。傍晚的云雾都化成迷蒙的露气，新上的月亮像半面团扇般展开，那北方飞来的大雁，队形排列整齐，犹如一条直线。

【赏析】

此曲乃是一幅浔阳江观景图，将山水色彩、姿态、变化，描写得淋漓尽致，是为千古写景佳作。给人以如身临其境之感，其视觉感不亚于当代影视屏幕或摄影画面镜头。江上风光，尽收眼底。

[中吕] 山　羊　坡

周德清

大江东去，长安西去，为功名走遍天涯路。厌舟车，喜琴书[1]，早星星鬓影瓜田暮[2]。心待足时名便足[3]。高，高处苦；低，低处苦。

【注释】

〔1〕舟车：此代指羁旅生活。喜琴书：此用陶渊明《归去来辞》“乐琴书以消忧”句意。

〔2〕瓜田：系引召平种瓜之事。据《史记·萧相国世家》载：召平，秦时广陵人，封东陵侯；秦亡后为布衣，贫，种瓜于长安城东；瓜美，称为召平瓜。韩信被诛以后，刘邦派使者拜萧何为相国，众人皆贺，唯召平独吊，劝萧何让封不受。后将召平种田喻高韬远引。

〔3〕待：将要。

【译文】

曾随大江东去，也曾坐车长安西去，为功名走遍了天下的路。厌倦了南来北往的舟车，喜欢抚琴读书的清雅生活，两鬓早已花白，学召平种瓜时已暮。心里若是知足而不贪心，在功名上也就没有什么奢求。若只是为了求功名，成了，身居高官是苦，不成，怀才不遇也是苦。

【赏析】

这是一首羁旅抒怀小曲。首先描写为求功名，一生劳苦奔波而生厌倦退隐之想，以求琴书自娱；然后揭示无论地位高低任何事仍都有苦处。从而真实地反映了作者欲退欲留的矛盾心理，充分表现他愁闷苦楚的思想情怀。

［南吕］金字经·伤春

吴弘道

落花风飞去，故枝依旧鲜，月缺终须有再圆。圆，月圆人未圆[1]。朱颜变，几时得重少年[2]？

【注释】

〔1〕“月缺”两句：苏轼《水调歌头》：“人有悲欢离合，月有阴晴圆缺，此事古难全。”

〔2〕朱颜变：指容颜衰老。朱颜：年轻时的容颜。重：重新。

【译文】

落花随风飘去，无花的树枝仍旧那么鲜嫩，充满生机。圆圆的月亮渐渐变缺，成为一轮残月，但它终有重新再圆的那一天。但月圆之日我却不能和家人团圆。长年漂泊在外，我红润的面容已经憔悴，什么时候还能恢复少年的容颜？

【赏析】

这是一首触景生情、借景抒情的曲作。作者通过自然界春去春来、花落重开、月缺月圆的现象，抒写人生青春难再，年老不能返童的悲哀，感慨人生短暂，表现了作者善待生命、热爱生活的强烈愿望。

［中吕］普天乐·江头秋行

赵善庆

稻粱肥，蒹葭秀[1]，黄添篱落，绿淡汀洲[2]。木叶空，山容瘦，沙鸟翻风知潮候[3]，望烟江万顷沉秋。半竿落日，一声过雁，几处危楼[4]。

【注释】

〔1〕稻粱：稻谷和高粱，此处泛指庄稼。肥：丰硕，喻丰收在望。蒹葭：芦苇。秀：开花吐穗。

〔2〕落：院落、村落。

〔3〕沙鸟：这里泛指水鸟。潮候：潮水变化的迹象、征候。

〔4〕沉秋：深秋。几处危楼：几处高耸的楼阁。危，高耸之状。

【译文】

地里稻子高粱肥硕，岸边芦苇秀美颀长。扎满篱笆的农家院落已有菊花开放，遍地芳草的小洲绿色渐渐暗淡。树叶在秋风中落尽，丰满的青山变得容颜消瘦，水鸟知道潮汛要来上下翻飞，万顷江面烟雾蒙蒙一派深秋。落日离山半竿，即将西沉，大雁鸣叫着飞过，暮色里隐现着几处高楼。

【赏析】

这首小令描写的是作者秋日漫步江边所看到的景色，犹如一幅秀丽开阔的风景画。为写景中的名作。此曲句句写景，无一落空，却又层次分明，错落有致。

[双调] 沉醉东风·秋日湘阴道中[1]

赵善庆

山对面蓝堆翠岫[2]，草齐腰绿染沙洲。傲霜橘柚青[3]，濯雨蒹葭秀[4]。隔沧波隐隐江楼[5]。点破潇湘万顷秋[6]，是几叶儿傅黄败柳。

【注释】

〔1〕湘阴：今湖南湘阴县，在湘江下游，洞庭湖南岸。

〔2〕兰堆翠岫：翠色的山峰像由蓼兰堆染而成。

〔3〕柚：又名文旦，湖南盛产。

〔4〕濯雨：雨水冲洗。

〔5〕沧波：暗绿色的波浪。

〔6〕点破：点出。潇湘：潇江和湘江。此泛指湖南。

【译文】

对面山上堆蓝聚紫翠色浓稠，齐腰深的草染绿湘江沙洲。傲霜橘柚果实青青，雨后开花芦苇更加清秀。隔着苍茫江水隐隐可见江楼。碧波万顷的洞庭湖在这几叶残黄败柳的点染下，秋色秋意格外浓郁了。

【赏析】

这首小令写作者在湘阴道中所见的秋景。南方初秋的景色，是已惊秋，但仍是山青洲绿，橘柚挂果，蒹葭秀穗，充满生气，洋溢着收获的希望。唯有柳叶儿泛黄，才点出湘江沿岸的万顷秋色。小令字句明丽，对仗也甚工整，描绘出一幅色彩丰富、形象饱满的秋天的图画。

[越调] 柳营曲·叹世[1]

马谦斋

手自搓，剑频磨，古来丈夫天下多[2]。青镜摩挲，白首蹉跎[3]，失志困衡窝[4]。有声名谁识廉颇，广才学不用萧何。忙忙的逃海滨，急急的隐山阿[5]。今日个，平地起风波[6]。

【注释】

〔1〕柳营曲：曲牌名，又名 [赛儿令]。

〔2〕自：率。即很随便，很轻率，喻摩拳擦掌。频：屡屡不断。喻准备大显身手。贾岛《述剑》："十年磨一剑，霜刃未曾试。"丈夫：古称有志之士。

〔3〕蹉跎：虚度光阴。

〔4〕衡窝：也称衡门，衡宇，指简陋的房屋。衡，即横，古时比横木为门，称横门，言简陋。

〔5〕山阿：山中隐曲处。阿，曲隅。

〔6〕风波：指仕途的凶险。

【译文】

摩拳擦掌，反复将宝剑研磨，自古以来想建功立业的大丈夫实在太多。而如今不少人揽镜自照，发现自己已是两鬓斑白，满头银发，真是虚度光阴，怀才不遇，困茅屋窝。可叹有谁赏识廉颇的声名，有谁去用萧何的才学。不如忙忙地逃往滨海，急急地隐居深山，因为今日的社会，仕途险恶无是生非平地起风波。

【赏析】

这首叹世曲将封建社会壮士失志，埋没人才的现象和宦海凶险的感受，描写得生动、精警，令人扼腕叹息。表现出作者对元代社会扼杀人才的愤慨不满。在元代异族统治下，知识分子多被压抑，诸多元曲作者都曾对此发出感喟与吟咏。作者愤世嫉俗，以辛辣之笔，抨击统治者不能任用人才，反而使他们非逃即陷的黑暗现实。此作愤懑之情溢于言表，作品因之亦呈苍劲奔放之风格。

［双调］水仙子·咏竹

马谦斋

贞姿不受雪霜侵，直节亭亭易见心[1]。渭川风雨清吟枕[2]，花开时有凤寻[3]。文湖州是个知音[4]。春日临风醉，秋宵对月吟。舞闲阶碎影筛金[5]。

【注释】

〔1〕亭亭：直立貌。

〔2〕渭川：渭河，黄河支流，横贯陕西中部。

〔3〕凤：凤凰。相传为百鸟之王，"非梧桐不栖，非练实（竹实）不食，非醴泉不饮。"（《庄子·秋水》）

〔4〕文湖州：北宋画家文与可，晚年被任命湖州知州。未到任即去世，人们尊称他为文湖州。擅长画竹。

〔5〕"春日"三句：描摹竹子的不同情态。

【译文】

竹子永葆翠绿不畏雪压霜侵，亭亭玉立有颗正直易见的心。我常倚枕倾听渭川风雨摇曳清吟。翠竹花开时节有凤凰来寻，善画竹的文同是你的知音。春日你临风欢舞醉如痴，秋夜你对着月儿低唱轻吟，轻松在阶前起舞，身影婆娑。

【赏析】

这是一首咏物曲子。竹与梅一样，备受历代文人歌吟。此作亦是一首咏竹的佳作。作者写竹子的品格，赋予人的坚贞和刚直的性格，清高的气质，实是作者自我性格的写照，也表现出元代文人一种风流自赏的习气。作者不在竹之形貌上多修落墨，却毕现竹之神韵。确为曲中高手。

[黄钟] 人月圆·山中书事[1]

张可久

兴亡千古繁华梦，诗眼倦天涯[2]。孔林乔木[3]，吴宫蔓草[4]，楚庙寒鸦[5]。数间茅舍，藏书万卷，投老村家[6]。山中何事？松花酿酒，春水煎茶。

【注释】

〔1〕人月圆：又名[青衫湿]。

〔2〕诗眼：诗人的洞察力。

〔3〕孔林：孔子的墓地，在山东曲阜县郊。林广十余里，相传孔子弟子从各自的乡土携树所植。

〔4〕吴宫：指三国时期吴国的王宫。

〔5〕楚庙：战国时楚国的宗庙。

〔6〕投老：到老，临老。

【译文】

历代的兴亡盛衰都不过是一场梦幻，一生浪迹天涯，什么都看透了，也厌倦了。孔林里只剩下一片乔木，吴宫到处是荒芜的蔓草，堂皇楚庙现在只有栖息的寒鸦。几间茅草房，有万卷藏书，临老归隐山中村野。隐居山中能有何事？用松花酿造美酒，用春水烹煎新茶，安闲自在地过日子。

【赏析】

此曲缅怀千古兴亡盛衰，极写山居的情趣，表现其厌世的人生态度和以诗酒自娱的出世思想。举三个古迹，以概其余；写山居生活，语淡情浓。前后对比鲜明，用笔清丽，淡雅脱俗。

[中吕] 红秀鞋·天台瀑布寺〔1〕

张可久

绝顶峰攒雪剑〔2〕，悬崖水挂冰帘〔3〕，倚树哀猿弄云尖〔4〕。血华啼杜宇〔5〕，阴洞吼飞廉〔6〕。比人心山未险！

【注释】

〔1〕天台：即天台山，在浙江省天台县北。

〔2〕攒：聚集。雪剑：闪着寒光的宝剑。喻群峰。

〔3〕冰帘：指瀑布。

〔4〕哀猿：叫声凄厉的猿猴。弄云尖：此指猿啼之声响彻云间。

〔5〕血华啼杜宇：即“杜宇啼血华”，谓杜鹃啼血。杜宇，古蜀王名。相传其死后灵魂化为杜鹃鸟，啼声凄厉，口角流血并由此化变成鲜红的杜鹃花。华：同“花”。

〔6〕飞廉：风伯，传说中的风神。此指风。

【译文】

天台山的绝顶，群峰峻峭聚集，犹如寒光闪烁的宝剑，悬崖上倾泻的瀑布似垂挂的冰帘。树上的猿猴悲切地呼唤，攀援于山顶树梢，仿佛在摘弄云尖。杜鹃鸟凄厉悲啼溅出了血花，阴冷的山洞风在呼啸。山虽艰险，可比起那难测的人心来，其险恶算不了什么。

【赏析】

这是一首描写人心险恶的小曲。全篇巧妙设喻，并引典渲染，描绘天台山凶险恶绝的地势和自然景物，有声有色，形象生动。文末句方点出主题意旨，突出人心险恶远胜于山，给人以鲜明深刻的印象。反映了当时世风日下，人心叵测的社会情态，从侧面表现了作者的憎恶与无奈之情。此曲哲理性强，极富艺术感染力。

[双调] 落梅风·春晓[1]

张可久

东风景，西子湖[2]。湿冥冥柳烟花雾[3]，黄莺乱啼蝴蝶舞[4]，几秋千打将春去[5]。

【注释】

〔1〕春晓：一作“春晚”。

〔2〕西子湖：即杭州西湖。苏东坡有诗云：“欲把西湖比西子，淡妆浓抹总相宜。”“西子湖”因此而得名。

〔3〕湿冥冥：形容湿气很浓的样子。

〔4〕黄莺乱啼：暗用唐金昌绪《春怨》“打起黄莺儿，莫教枝上啼。啼时惊妾梦，不得到辽西”的诗意。

〔5〕打将春去：将春打去。

【译文】

东风吹拂，西湖晚来更亮丽。水气蒙蒙，烟岚笼罩，繁花绿树。枝头黄莺乱啼，花丛中蝴蝶飞舞，才荡几下秋千，便把春天打走了。

【赏析】

这是一首描写西湖美景的小曲。诗中有画，画中有诗。作者运用精练的语言，描绘暮春西湖春风吹荡，烟雾萦绕，柳间花丛之中黄莺啼鸣，蝴蝶翩翩起舞，这构成了西湖春晓所特有的景色。结尾“几秋千打将春去”，是说深深庭院中，活泼的少女刚打几下秋千，便把春天打走了。春来春去本是自然现象，作者把自然现象变成人的行为，注入了人的感情，春光的可贵，春天归去的无限惋惜和眷恋，尽包容在这句令人回味无穷的俏皮话中。这种造境立意之妙，令人叹服。

[中吕] 卖花声·怀古

张可久

美人自刎乌江岸[1]，战火曾烧赤壁山[2]，将军空老玉门关[3]。伤心秦汉[4]，生民涂炭[5]，读书人一声长叹！

【注释】

〔1〕“美人”句：指项羽兵败乌江虞姬自刎之事。

〔2〕“战火”句：指三国时东吴周瑜火烧赤壁破曹之事。

〔3〕“将军”句：东汉名将班超，奉命安定西域，封定远侯。他在西域生活了30年，年老思乡，上书要求内调曰：“臣不敢望到酒泉郡，但愿生入玉门关。”此用此事。

〔4〕秦汉：指前朝各代。

〔5〕涂炭：遭受灾难。

【译文】

秦末楚汉相争，美人虞姬自刎乌江岸；三国时周瑜火烧赤壁，破曹兵百万；东汉名将班超戍边封侯，年老思乡难入玉门关。多少英雄豪杰，名载青史，只痛惜历朝历代的老百姓，身受灾难疾苦！读书人不由得一声浩然长叹。

【赏析】

这首小令写历史上种种战争，争王称霸，割据一方，穷兵黩武，封疆拓边，以此揭露历代战乱给百姓带来的深重灾难，对统治者发动战争表示强烈愤慨，对百姓遭受战祸痛苦寄予深切同情。作者为此浩然长叹。这一声长叹，有思接千古、心意茫茫之感，作者所强调的“读书人”三个字，力可千钧，它虽是微不足道的，但他所说的道理则是人间的大道。

[双调] 折桂令·九日〔1〕

张可久

对青山强整乌纱〔2〕，归雁横秋，倦客思家〔3〕。翠袖殷勤〔4〕，金杯错落〔5〕，玉手琵琶〔6〕。人老去西风白发，蝶愁来明日黄花〔7〕。回首天涯，一抹斜阳，数点寒鸦〔8〕。

【注释】

〔1〕九日：农历九月初九，为登高节。

〔2〕对青山强整乌纱：化用孟嘉落帽故事：晋桓温于九月九日在龙山宴客，风吹孟嘉帽落，他泰然自若，不以为意。青山：在这里有归隐之意，源出于马致远［夜行船］《秋思》“绿树偏宜屋角遮，青山正补墙头缺”句。强整乌纱：乌纱即乌纱帽，指官帽，表明了作者弃之可惜、留则难堪的心态，说明了对官场的厌倦。

〔3〕倦客：指长久在外的游子。

〔4〕翠袖：代称女子。此化用晏几道《鹧鸪天》“彩袖殷勤捧玉钟”句意。

〔5〕金杯错落：谓酒席上杯盏交错，气氛热烈。

〔6〕玉手：洁白如玉之手，指美女。

〔7〕“蝶愁”句：从苏轼《九日次韵王巩》“相逢不用忙归去，明日黄花蝶也愁”化用而来。

〔8〕“一抹”句：此化用秦观《满庭芳》“斜阳外，寒鸦数点，流水绕孤村”句意。

【译文】

面对青山勉强整一整头上的乌纱，秋天的归雁在高空中纵横飞翔，疲惫的官游生涯已觉无趣，思归故里。忆想当官为宦之时，翠袖美人殷勤陪侍，觥筹交错，杯影相庆，灯红酒绿之下，更有那歌女陪唱，美女琵琶相奏，一切都过去了。而如今人已老了，萧瑟秋风中又要掉多少白发，那蝴蝶也愁怨眼见的都是明日黄花。回首望天涯，一抹斜阳中，几只哀鸣的寒鸦，在远处无力地飞着。

【赏析】

这首小令写重阳节游赏情景，着意描写秋天萧瑟凄凉暮色，抒写作者晚年的迟暮愁怀。小令意境高远，是张可久作品中的上乘之作。在重阳节之日，天高气清，他来时写归雁，归乡途中写了寒鸦，构思很精巧。“回首天涯”三句简直可成一幅秋日山水画，天地尚宽，塞鸦夕照中，淡泊之至，这正是他的生活之居。全曲法度谨严，开合有度，透露出浓厚的文人意趣。

［越调］凭阑人·江夜

张可久

江水澄澄江月明[1]，江上何人挡玉筝[2]？隔江和泪听[3]，满江长叹声。

【注释】

〔1〕澄澄：清澈见底。

〔2〕搊：用手弹奏。玉筝：对古筝的美称。

〔3〕和：带。

【译文】

江水澄澈，江月清明，是什么人在弹奏着玉筝？我含着眼泪聆听那江上传来的动人的乐音，一时间，满江都是深深的叹息声。

【赏析】

此曲写月夜倾听筝声动人情景，深含着对天涯沦落人的同情。寥寥数言却造成一种耐人寻味的境界：清澄的江水映着明月，远处传来筝声，这就给人以如梦似幻的感觉，而音乐声勾起江边徘徊的人愁思，听来好似哀怨的叹息。这首优美的抒情曲，被人称作是一首压缩了的《琵琶行》。

［双调］折桂令·西陵送别〔1〕

张可久

画船儿载不起离愁〔2〕。人在西陵，恨满东州〔3〕。懒上归鞍，慵开泪眼，怕倚层楼〔4〕。春去春来，管送别依依岸柳〔5〕。潮生潮落，会忘机泛泛沙鸥〔6〕。烟水悠悠，有句相酬，无计相留。

【注释】

〔1〕西陵：古镇名，渡口，在今浙江萧山西，濒临钱塘江，隔岸与杭州相望。

〔2〕“画船儿”句：指离愁之沉重。画船，指江河之大船。宋李清照《武陵春》词：“只恐双溪舴艋舟，载不动，许多愁。”

〔3〕“人在”、“恨满”两句：人在，也作人到。西陵，张乔《越中赠别》：“别离吟断西陵渡，杨柳秋风两岸蝉。”西陵渡，指送别的地方。东州，旧指琅玡一带，此处指山东某地。

〔4〕怕倚层楼：温庭筠《望江南》：“梳洗罢，独倚望江楼。过尽千帆皆不是，斜晖脉脉水悠悠，肠断白蘋洲。”

〔5〕“管送别”句：古人常以折柳与离别相连。唐刘禹锡《杨柳枝》词有“长安陌上无穷树，唯有垂杨管离别”之句。

〔6〕“会忘机”句：忘机，消除机巧之心，指不用心计，与世无争。传说鸥鸟只与没有心计的人为友。

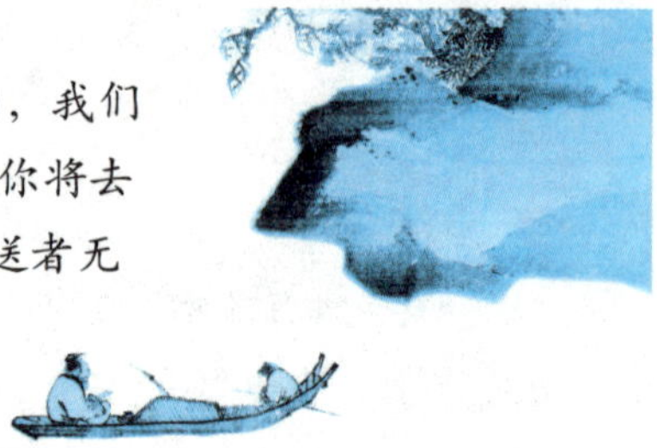

【译文】

离愁之苦深重，就连那画船也难以载动，我们凄然相别在西陵渡口，可是离恨早已弥漫到你将去的东州。江岸一别，画船远去，渺不可见，送者无可奈何，不忍骑上归鞍，眼泪模糊了视线，望不到画船去的方向，黯然伤神，便寻思更上层楼，可是又怕独倚高楼远望。这以后，春去春来，只有杨柳依依与离别人的痛痒相关；潮涨潮落，且忘却纷纷的世事，与漂泊的沙鸥为友。烟水悠悠，也解不了心头愁绪，我虽有诗句与您相对，却无法将你挽留。

【赏析】

这首小令描写作者所见的一个村舍的环境及其主人的形象，极其生动。首句从李清照《武陵春》词“只恐双溪蚱蜢舟，载不动，许多愁”来，但更切合当前情境，分量也更重。“人在”二句，从送者（抒情主人公）、行者双方，点明彼此相思苦况。以下专从送者方面写，一“懒”一“慵”一“怕”，写足分别后心力交瘁，黯然神伤情态。

[般涉调] 哨遍·看钱奴[1]

钱　霖

[哨遍] 试把贤愚穷究，看钱奴自古呼铜臭。徇已苦贪求，待不教泉货周流[2]。忍包羞，油铛插手，血海舒拳，肯落他人后[3]？晓夜寻思机彀，缘情钩距[4]，巧取旁搜。蝇头场上苦驱驰，马足尘中厮追逐，积攒下无厌就[5]。舍死忘生，出乖弄丑。

[耍孩儿] 安贫知足神明佑，好聚敛多招悔尤[6]。王戎遗下旧牙筹，夜连明计算无休[7]。不思日月搬乌兔，只与儿孙作马牛[8]。添消瘦，不调祻鼎，恣逞戈矛[9]。

[十煞] 渐消磨双脸春，已雕飕两鬓秋[10]。终朝不乐眉长皱，恨不得柜头钱五分息招人借，架上袖一

周年不放赎[11]。狠毒性如狼狗，把平人骨肉，做自己膏油。

[九煞] 有心待拜五侯，教人唤甚半州[12]。忍饥寒攒得家私厚。待垒做钱山儿倩军士喝号提铃守，怕化做钱龙儿请法官行罡布气留[13]。半炊儿八遍把牙关叩，只愿得无支有管，少出多收[14]。

[八煞] 亏心事尽意为，不义财尽力掊[15]，那里问亲兄弟亲姊妹亲姑舅。只待要春风金谷骄王恺[16]，一任教夜雨新丰困马周。无亲旧，只知敬明眸皓齿，不想共肥马轻裘[17]。

[七煞] 资生利转多，贪婪意不休，为锱铢舍命寻斗[18]。田连阡陌心犹窄，架插诗书眼不瞅。也学采东篱菊，子是个装呵元亮，豹子浮丘[19]。

[六煞] 恨不得扬子江变做酒，枣穰金积到斗[20]，为几文赙背钱受了些旁人咒，一斗粟与亲眷分了颜面，二斤麻把相知结下寇仇[21]。真纰缪，一味的骄而且吝，甚的是乐以忘忧[22]。

[五煞] 这财曾燃了董旧脐，曾枭了元载头，聚而不散遭殃咎[23]。怕不是堆金积玉连城富，眨眼早野草闲花满地愁，干生受。生财有道，受用无由。

[四煞] 有一日大小运并在命宫，死囚限缠在卯酉[24]，甚的散得疾子为你聚来得骤。恰待调和新曲歌金帐 ，逼临得佳人坠玉楼。难收救，一壁厢投河奔井，一壁厢烂额焦头。

[三煞] 窗槅每都贴贴的飞[25]，椅桌每都出出的走，金银钱米都消为尘垢。山魈木客相呼唤[26]，寡宿孤辰厮趁逐[27]，喧白昼。花月妖将家人狐媚，虚耗鬼把仓库潜偷[28]。

[二煞] 恼天公降下灾，犯官刑系在囚，他用钱时难参透[29]。待买他上木驴钉子轻轻钉，吊脊筋钩儿浅

浅钩[30]。便用杀难宽宥，魂飞荡荡，魄散悠悠。

［尾］出落他平生聚敛的情，都写做临刑犯罪由。将他死骨头告示向通衢里甃，任他日炙风吹慢慢朽。

【注释】

〔1〕看钱奴：即守财奴，对悭吝人的蔑称。

〔2〕徇己：顺从自己的欲望。泉货：钱币。泉，同钱。周流：流通。

〔3〕忍包羞：忍受羞辱。油铛插手：将手伸入油锅内捞钱。油铛，即油锅。舒拳：伸开手掌，指伸手抓钱。

〔4〕缘情钩距：缘情，根据不同情况。钩距，即钩取，指捞钱取财。

〔5〕蝇头场上、马足尘中：均指有小利可逐的地方。

〔6〕悔尤：灾祸怨恨。

〔7〕王戎：晋人，性悭吝，为当时竹林七贤之一，也是著名的看钱奴。《晋书·王戎传》载：“戎性好兴利，每自执牙筹，昼夜算计，恒若不足。”牙筹：象牙或兽骨制的算筹。

〔8〕乌兔：指日、月，古代神话传说，太阳中的三足乌，月亮中有玉兔。

〔9〕“不调”句：不讲究吃穿。 裀，裀衣，这里泛指衣服。“恣逞”句：为了钱肆意和别人拚命打架动武。戈矛：古代的兵器。

〔10〕飕：风吹飘动的样子。秋：指白发。

〔11〕袙：字书上无此字，疑作“袷”，据上下文推测，似指当铺是顾客典当的衣服。

〔12〕五侯：指公、侯、伯、子、男五等爵位。半州：指占有土地达半州之多。

〔13〕倩：请人代做事。喝号：喊口令。钱龙：元人称钱神龙，它飞到哪家，哪家就富有。法官：道人作法称法官。行罡布气，指道士作法时的情形。罡：北斗星。道家作法都在夜间礼拜星斗，也叫步罡踏斗。布气：运气。这里指请法官施法术。

〔14〕半炊儿：半顿饭工夫，形容时间短。八遍：泛指多次。无支有管：没有支出，只有存钱。支：支出。

〔15〕掊：搜刮。

〔16〕“只待”句：意为只顾自己得意骄奢。春风：指得意之时。金谷：金谷园，石崇所建豪华园林别墅。

〔17〕肥马轻裘：形容宝贵。

〔18〕锱铢：古代重量单位，六铢等于一锱，四锱等于一两。锱铢，比喻极少的钱。

〔19〕子是：只是。子，同只。装呵：假装。元亮，陶渊明的字。豹子浮丘：心里像豹子狠毒，表面却装作像仙人浮丘那样慈祥。浮丘：传说中的仙人。

〔20〕“枣穰”句：像枣肉一样的赤金积满了斗。枣穰，枣肉，形容赤金颜色。

〔21〕 赙背钱：赙，应作“垫”，古代葬习，即在死人背下放置的钱。

〔22〕纰缪：错误。甚的是：什么是，说什么。

〔23〕枭：古代刑法，即斩首。元载：唐凤翔岐山人，肃宗、代宗时官到同中书门下平章事，权倾内外，聚敛财富，资货不可胜计。大历十二年(777)三月，被杖杀禁中。

〔24〕命宫：古时星相家的词汇，谓命由天定，做好事交好运，做坏事交恶运。卯：卯时，早晨。酉：酉时，太阳将落之时。

〔25〕飐飐：风吹物体飘动貌。

〔26〕山魈木客：山中的妖怪。

〔27〕寡宿孤辰：旧时迷信指命中注定要孤寡者。

〔28〕花月妖：指娼妓之类的淫荡女人。狐媚：诱惑。虚耗鬼：指败家子。

〔29〕参透：买通官府。

〔30〕上木驴：元代酷刑，将犯人钉在木凳上凌迟处死。吊脊筋钩儿：也是一种酷刑，审讯时用铁钩穿过脊骨吊在柱子上。

【译文】

[哨遍] 试把贤愚详推究，守财奴自古被人说成是铜臭。若按他自己意愿贪求，最好钱币不在别人手中交流。聚敛钱财不知羞，油锅中有钱他也肯伸手，血海里有利他也敢追逐，哪里肯落在别人后？日夜寻思发财术，随机应变，巧取旁搜。为蝇头微利苦索取，有利可图处拼命追逐。积攒钱财永不满足，舍生忘死，出乖弄丑。

[耍孩儿] 安贫知足，神灵也会保佑，贪得无厌就会招来祸患。王戎丢下的旧牙算筹，黑白昼夜掐着算计，没完没了。从不考虑时光日月穿梭如飞，只替儿孙当牛做马。心力俱瘁，只知为钱财去竞争，以致连衣食都不顾。

[十煞] 渐渐地消磨尽脸上的光彩，两鬓凋落白发如秋。终日里闷闷不乐眉头长皱，恨不得柜头钱以五分利息让借，架上典当物一周年不准赎。心性狠毒如狼狗，把老百姓的骨肉，化作自己的膏油。

[九煞] 有心等待做公侯，让人叫他某半州。忍饥挨冻积得家私厚，待积得钱多如山请军士严加看守，怕钱飞走请道士作法保留。仅半顿饭工夫，把牙关多次紧紧叩，苦思冥想如何积得钱多，只想着无支出只有收，少支出多收入。

[八煞] 一心尽做亏心事，不义之财尽力敛。哪还顾得上什么亲骨肉。只想自己以富骄人，更不顾处于

困境的朋友，只知对明眸皓齿的美人追欢又买笑，更不愿和亲朋好友共享富贵。

[七煞] 他资生利利滚利钱财越滚越多，贪婪的心意永不休，为一点小利就与人玩命争斗。田地连成一大片心里犹嫌空，架插诗书却眼不瞅。也学陶渊明东篱采菊，那只不过是故作风雅装装样子，心比豹子狠毒却假装像仙人浮丘。

[六煞] 恨不得把扬子江全变成酒，赤金积成斗，为几文小钱遭旁人诅咒。为一斗粟与亲友伤了和气，为二斤麻同知己结下冤仇。真是愚蠢荒谬，一味地骄横吝啬。

[五煞] 这样广为聚敛钱财，曾经烧死了董卓，割下了元载的头颅，一味积聚而不思疏散，终遭祸殃。尽管你堆金积玉，富比连城，转眼间空空如洗，硬是白白辛苦，生财有道，享受无由。

[四煞] 总有一天好运会转为恶运遭到报应，死囚的命运已缠身上早晚要丧命，为什么散得这样快只为聚敛得骤。正想安排新曲同美人歌金帐，却不料大祸临头逼得红粉佳人跳了楼。难以收拾挽救，家里人这边投河奔井，那边被烧得烂额焦头。

[三煞] 窗槅都呼呼地飞，椅桌皆格格地走，金银财宝都化为尘垢。妖魔鬼怪皆来寻，孤寡命运相追逐。日夜声喧吼，淫荡妇将家人迷惑引勾，败家子将仓库暗暗盗偷。

[二煞] 惹恼了天公降下了灾祸，触犯了官刑被囚禁在狱中，他以为用钱可以买通一切。等他要上木驴的时候，希望用钱买行刑的人轻点儿打钉子；吊脊筋的时候，买动人把钩儿浅浅地钩。即使用尽了金钱想买通别人以减轻刑罚，也难得到宽恕，最终还是落了个魂飞魄散的亡命下场。

[尾] 还要把他一生敛钱恶迹抖落出来，写成他犯了死罪杀头的罪状根由。把他的死尸扔在大街上示众，任他日晒风吹慢慢地腐朽。

【赏析】

这篇套曲通过对一个浑身充满铜臭气的守财奴形象的刻画，将一切剥削者惟利是图、贪得无厌的本质揭露得淋漓尽致，具有典型意义。全套由十二支曲组成，分为前后两段，从［哨遍］到［六煞］，揭露了守财奴千方百计聚敛财富的行径，作者从三方面对守财奴进行了描写，一是贪婪性，守财奴对财富永不满足，欲壑难填。蝇头微利从不放过，油锅血海也要伸手。二是残忍性，光有贪婪之意不行，还要靠残忍狠毒才能聚敛到钱财。三是虚伪性，“架插诗书眼不瞅。也学采东篱菊，子是个装呵元亮，豹浮丘”。从［五煞］到［尾］曲，描写了守财奴聚敛财物的可悲结局，守财奴贪婪残忍，不顾一切地搜刮钱财，必将招致灾祸，到最后身首异处，家破人亡，落个人财两空的可悲下场。这套曲以叙事为主，层层叙述守财奴的所作所为。作者在叙述中，融入了自己的感情，故处处可见作者对守财奴的厌恶痛恨之情。在艺术上，作者极尽铺叙、渲染之能事，以激愤情绪、辛辣的笔调、形象的比喻、生动的夸张，将“看钱奴”的丑态描绘得惟妙惟肖，痛快淋漓地表达了作者对贪吝刻薄者切齿痛恨，富有深刻的讽刺意味，是元曲中的上乘之作。

[中吕] 朝天子·西湖

徐再思

里湖，外湖[1]，无处是无春处。真山真水真画图，一片玲珑玉。宜酒宜诗，宜晴宜雨，销金锅锦绣窟[2]。老苏[3]，老逋[4]，杨柳堤梅花墓。

【注释】

〔1〕里湖，外湖：杭州西湖以苏堤分界，苏堤以西是里湖，苏堤以东和以南是外湖。

〔2〕销金锅锦绣窟：销金锅，比喻西湖是个挥金如土的地方；锦绣窟，比喻西湖如披绣衣锦的窟穴。

〔3〕老苏：指宋代苏轼。他曾任杭州刺史，疏湖筑堤，即苏堤，因堤上杨柳成荫，故称杨柳堤。

〔4〕老逋：指宋代林逋，隐居西湖孤山，植梅养鹤，人称“梅妻鹤子”，又称“和靖先生”，曲中的梅花墓，又称和靖墓。

【译文】

西湖内外，处处是春，一片生机盎然。山水秀丽如一幅迷人的风景图画，湖水明净澄澈，宛如一片玲珑美玉。这里确是一个举杯畅饮、赋诗作文的绝佳胜地，不论晴天还是雨天，总是秀美宜人。风景如画的西湖，也是个挥金如土、用钱似沙的地方，这里处处充满了富贵与风流。孤山林逋的墓旁，梅花怒放，苏堤上柳枝随风荡漾，更增添了西湖的秀色。

【赏析】

这首小令描写西湖的美丽春色。开头三句，总写西湖春色领起全曲。作者开篇连用两个“无”字，表明西湖处处皆春色。“真山真水真画图，一片玲珑玉”，写西湖的湖光山色之美。“宜酒宜诗”二句则从游人的感受来写西湖之美。接着作者又将西湖比作“销金锅，锦绣窟”，写出了西湖繁华的人文环境。最后三句，进一步描写西湖的人文环境。前两句写西湖的繁华，此以苏轼、林逋之事，写出了西湖有着高雅的人文环境。

[商调] 梧叶儿·钓台

徐再思

龙虎昭阳殿[1]，冰霜函谷关，风月富春山[2]。不受千钟禄[3]，重归七里滩，赢得一身闲。高似他云台将坛。

【注释】

〔1〕龙虎昭阳殿：意谓昭阳殿是龙潭虎穴一般的险恶之地。此处暗指吕后杀韩信的典故。

〔2〕富春山：严子陵隐居处。

〔3〕不受千钟禄：指严子陵不接受汉光武帝刘秀的征召，不愿入朝为官。

【译文】

昭阳殿里龙争虎斗，函谷关内冰寒霜冻，富春山风和景明。严子陵不愿接受千钟粟的厚禄，重新回到了七里滩，获得了一身的安闲，胜过那表彰功臣的云台和将坛。

【赏析】

本曲通过严子陵不愿入朝为官，隐居垂钓于富春山的典故来表达了自己对隐居生活的向往。作者以对比写法，突出官场的险恶和隐居的可贵。

[双调] 水仙子·夜雨

徐再思

一声梧叶一声秋，一点芭蕉一点愁。三更归梦三更后。落灯花，棋未收，叹新丰逆旅淹留[1]。枕上十年事，江南二老忧[2]，都到心头。

【注释】

〔1〕新丰：县名。故城在陕西临潼县东北。汉高祖刘邦做皇帝后，把父母从原籍沛县丰邑接到京城。他父亲思乡心切，刘邦就将秦代的骊邑，按照家乡丰邑的街里格式重新建造，所以称新丰。后代诗文就以“新丰”比喻思乡之心。唐人马周未登第时，曾旅宿新丰，店主冷遇，后世亦指旅愁。逆旅淹留：在客店滞留、停留。逆旅，指客舍。

〔2〕二老：指父母双亲。

【译文】

雨点落在梧桐叶子上，一声声告诉秋的来到，芭蕉上雨点声声，更是牵人愁思。夜半三更梦醒后，看到的是余烬的灯花和那零乱不堪的棋子。想到自己滞留客地，思乡心切，独自对着孤灯，辗转反侧难以入眠。如梦的往事和对远在江南的年迈父母的担忧，一下子都涌上了心头。

【赏析】

这是一支写客况旅愁的小令。小令的前三句点明时间，营造氛围，是景物语，也是情语。两个“一声”“一点”，既形象生动地描写了秋雨淋沥连绵，也写了主人公缕缕的愁思。四、五两句化用前人诗词和历史典故，抒发了旅居客地的悲凉心情。最后三句写游子乡思，愁绪满怀，但却以“都到心头”作结，言有尽而意无穷。

[中吕] 普天乐·西山夕照

徐再思

晚云收，夕阳挂，一川枫叶，两岸芦花。鸥鹭栖，牛羊下。万顷波光天图画[1]，水晶宫冷浸红霞[2]。凝烟暮景，转晖老树，背影昏鸦。

【注释】

〔1〕天图画：即升天图画，天然的图画，形容自然景色的美好。

〔2〕水晶宫：神话中龙王的宫殿。这里喻指清澈澄静的江水。冷浸：淹没，此指倒映水中。

【译文】

晚云初收，夕阳斜挂。岸上是火红的枫叶，水边是雪白的芦花。江鸥、白鹭开始栖息，放牧的牛羊也缓缓归来。湖面浩荡，粼粼的波光宛若天然的图画，火红的晚霞倒映在清澈的江水中。烟光凝聚着暮色，残阳移照着老树，乌鸦的背上也涂上了夕阳的余晖。

【赏析】

这是《吴江八景》组曲中的景后一曲，描绘了吴江西山秋日傍晚的景色。开头“晚云收”二句，既是交待时间，又写出了秋高气爽的景色。“鸥鹭栖”二句，写出了江边静谧的气氛，随着夕阳西下，鸥鹭栖息，牛羊归棚，白天的嘈杂忙碌，渐渐地安定下来了。“万顷”二句，从写原野之景转到了写江上之景。最后三句作者的视角又从江南转移到了陆地，“暮烟凝影”、“老树”、“昏鸦”又给人以迟暮凄凉之感。

[双调] 蟾宫曲·自乐

孙周卿

草团标正对山凹[1]。山竹炊粳，山水煎茶。山芋山薯，山葱山韭，山果山花。山溜响冰敲月牙[2]，扫山云惊散林鸦[3]。山色元佳，山景堪夸，山外晴霞，山下人家。

【注释】

〔1〕草团标：指圆形的茅草屋。

〔2〕“山溜响”句：描写山间泉水叮咚作响，犹如冰敲月牙一般。

〔3〕“扫山云”句：指清扫石磴，因云气氤氲，故扫磴犹如扫云一般。

【译文】

居住圆形的茅草屋，背倚着青山，前面正对着山凹。山竹可以用来烧饭，清冽甘醇的泉水可以煮茶。吃的有山芋、山薯、山葱、山韭、山果和山花。叮咚作响的山间泉水，犹如冰敲月牙一般，清脆悦耳；石磴上云气氤氲，扫着它犹如扫着山间的白云一样，但居然惊得林鸦四散。山中的秀色美景太绝妙了，令人赞叹，值得夸耀，仰观山外，晴霞辉映，俯看山下，几户人家。

【赏析】

这首小令题为《自乐》，是作者仕途不得意，弃绝功名，隐居深山而自得其乐的真实写照。山中的归隐生活是简朴的，但诗人认为其中另有一番乐趣：可以用山竹烧饭，用甘泉煎茶，又有山芋山薯、山葱山韭、山果山花，住在山林，吃在山林，可以尽情欣赏山中优美的自然风光，真可谓其乐融融。

[中吕] 醉高歌·过摊破喜春来

顾德润

长江远映青山，回首难穷望眼。扁舟来往蒹葭岸[1]，人憔悴云林又晚。篱边黄菊经霜暗，囊底青蚨逐日悭[2]。破清思晚砧鸣[3]，断愁肠檐马韵[4]，惊客梦晓钟寒。归去难！修一缄，回两字寄平安。

【注释】

〔1〕蒹葭：芦苇。

〔2〕青蚨：钱的代称。悭：缺少。

〔3〕晚砧：傍晚的捣衣声。

〔4〕檐马：即檐间的铁马（风铃）。

【译文】

长江水映着远处的青山，回头望可怎么也望不到尽头。我乘着一叶小舟经过一片长满芦苇的岸边，烟雾笼罩云林，天色已晚。篱边的黄菊，经过霜打，已经有些枯萎，经过漫长的旅途，口袋里的钱也越来越少了。傍晚的捣衣声搅乱了我的思绪，屋檐下的风铃声更使我肝肠寸断。我久久难以入眠，可刚一睡着，那破晓的钟声又将我从睡梦中惊醒。想要回家又办不到，还是先写封家书，报个平安吧。

【赏析】

这首小令写旅中愁苦。着意描写旅程漫长无尽，生活凄苦的情景，凄清的画面，把思归心切的游子的羁愁宣泄得淋漓尽致，深切感人。尤其结句的“修一缄，回两字寄平安”，看似调侃，实则痛苦万分，充满了无限的无奈和激愤。

［双调］庆东原·江头即事

曹　德

低茅舍，卖酒家，客来旋把朱帘挂〔1〕。长天落霞，方池睡鸭，老树昏鸦。几句杜陵诗〔2〕，一幅王维画。

【注释】

〔1〕旋：立刻，很快。

〔2〕杜陵：即杜甫。

【译文】

江边村头的小酒家，是低矮的小茅草屋，顾客临门，店主很快地掀起垂吊的红色门帘，迎进店内。店外，一抹红霞正从天边慢慢退去，方池内，寒鸦倦着身子昏昏欲睡，归巢的暮鸦伫立枝头。美景似杜甫诗，如王维画，美妙绝伦，无以比拟。

【赏析】

曹德为了逃避伯颜的迫害曾隐居吴中，这首小令便作于此时，描写了江边的所见，表达了恬淡的情趣。开头两句描写酒店的外形，茅草盖成的小屋。“长天”三句写作者入店落座后从窗口看到的窗外景色，如长天、方池、老树、落霞、睡鸭、昏鸦等，作者从不同的角度描写了江边秋天黄昏的美丽景色和恬静氛围。最后两句是作者面对所见之景而产生的感受，即通过眼前之景，使自己领悟到了杜甫诗、王维画中的意境。

三棒鼓声频·题渊明醉归图

曹　德

先生醉也，童子扶者[1]。有诗便写，无酒重赊，山声野调欲唱些，俗事休说。问青天借得松间月，陪伴今夜。长安此时春梦热，多少豪杰。明朝镜中头似雪，乌帽难遮。星般大县儿难弃舍[2]，晚入庐山社[3]。比及眉未攒，腰已折[4]。迟了也去官陶靖节。

【注释】

〔1〕扶者：即扶着。者为语气助词。

〔2〕星般大县儿：小小的县令，指陶渊明曾任彭泽县令事。

〔3〕庐山社：指晋庐山东林寺高僧慧远创建的白莲社，有不少名士参加，但陶渊明迟迟不入。

〔4〕“比及眉未攒”句：意谓待要入社时，已经折腰做官，“眉未攒”，指已入社，遁入了空门。

【译文】

先生饮酒醉了，有童子扶着。有了诗兴便写，没酒了就去赊。山歌小调想唱就唱，世俗的事就不要去说了。向苍天借来松间明月，陪我度过今夜良宵。想此刻，长安城里正闹着春梦热，多少人世的豪杰，明天照镜，已是白发满头如雪，就是戴上乌纱帽也难遮住。陶潜先生做了个小小县令难弃舍，迟迟不肯加入莲社。还没有等到厌恶世事入深山，为五斗米已把腰折。太迟了，弃官不做的陶靖节。

【赏析】

这首小令为题图抒感，借题渊明醉归图歌赞陶渊明醉酒休闲的自得其乐的潇洒隐居生活。接着对比那些热求功名富贵的人们，讥讽他们正做着春梦，耗尽青春乃至生命到头来仍是一场空。最后奉劝这些人要早些辞官归隐，向陶渊明学习。

[中吕] 普天乐·旅况

王仲元

树杈枒[1]，藤缠挂。冲烟塞雁，接翅昏鸦。展江乡水墨图，列湖口潇湘画[2]。过浦穿溪沿江汉[3]，问孤舟夜泊谁家？无聊倦客，伤心逆旅[4]，恨满天涯。

【注释】

〔1〕杈枒：树木枝条蟠曲交错。

〔2〕湖口：湖水入江处。

〔3〕浦：河流入江海的地方。汉：汉港，分支的小河。

〔4〕逆旅：旅店。

【译文】

树木枝条相互蟠曲交错，枯藤在树上攀附缠绕。一缕青烟，直冲云霄，挡住了高飞的大雁，暮归的昏鸦成群乱飞争噪，像展开的一幅江乡水墨图和湖口潇湘画。船儿沿着江汉，穿溪过浦，孤舟漂荡，不由得自问又要夜泊谁家。羁旅无聊，厌倦漂泊，无限惆怅洒满了海角天涯。

【赏析】

这首小令写羁旅愁情。前六句既有具体景物的细描，又有宏大场面的勾勒。景物是树、藤、雁、鸦，江乡湖口、浦溪江汉。且江乡呈水墨之色，湖口显潇湘之画。接下五句，直抒胸臆，点出客恨乡愁。"过浦穿溪"暗示旅途艰难遥远。"泊谁家"表现漂泊天涯有家不得归的愁思。最后三句直抒羁旅之愁。由"无聊"、"伤心"到"恨"，层层渲染，点出羁旅的厌倦情绪和怨恨情怀，随着自己四处漂泊，已布满海角天涯。

[仙吕] 后庭花·怀古

吕止庵

功名览镜看[1]，悲歌把剑弹[2]。心事鱼缘木[3]，前程羝触藩[4]。世途艰，一声长叹，满天星斗寒。

【注释】

〔1〕览镜看：意思是拿起镜子照看。览，同揽。

〔2〕“悲歌”句：暗用战国冯谖事表达仕途失意的牢骚之意。

〔3〕“心事”句：比喻不能实现的想法。

〔4〕羝触藩：比喻进退两难。

【译文】

揽镜自照，两鬓斑白，青春年华，都消磨在官场名利之中，虽才高却位卑，如冯谖弹剑悲歌，仕途失意。一生心愿，如缘木求鱼，无法实现；所有前程似羝挂藩篱，进退两难。恨世途艰险，只落得一声长叹，满天星斗、阵阵清寒，回顾一生，怎能不悲凉辛酸呢！

【赏析】

这首小令，题为《怀古》，实则是对自己仕途不得意所抒发的牢骚。诗人揽镜自照，朱颜已老，而功名事业无成，空怀为国为民的雄心壮志，却报国无门，没有施展才能的机会。进不能实现济世安民的理想，退又不能忘怀功名事业、国家大事。欲进不能，欲退不忍，真是进退两难，但这一切都随着最后的一声长叹化为乌有，随之而来的却又是满怀的悲凉与辛酸。

［仙吕］解三醒

真　氏

奴本是明珠擎掌，怎生的流落平康〔1〕？对人前乔做作娇模样，背地里泪千行。三春南国怜飘荡〔2〕，一事东风没主张〔3〕。添悲怆，那里有珍珠十斛，来赎云娘〔4〕？

【注释】

〔1〕平康：本是唐代长安城平康坊，因这里是唐代妓女聚居之地，后人就以此代称妓院。

〔2〕三春：即三年。南国：本指江南地区，指真氏的故乡建宁（福建建瓯）。

〔3〕一事东风：“东风一事”的倒装，指沦为妓女。

〔4〕云娘：唐代澧州官妓崔云娘，形貌瘦瘠。此处真氏以云娘自比，除代指官妓身份外，还兼取消瘦憔悴之意，含有想跳出火坑的急切心情。

【译文】

我本是父母的掌上明珠，谁料想如今流落到这烟花巷？在人前假装做娇媚模样，背地里伤心痛哭泪千行，漂泊风尘多年，故乡的父母怜我，如草随风摇摆自己做不了主张。痛苦不堪只能空添悲怆，哪里有明珠十斛，来把我云娘赎出？

【赏析】

这支曲子是真氏身为歌妓时所作。曲中饱含作者真切体会，笔笔辛酸，字字血泪，感人肺腑。开头两句交代自己的身世和不幸落入风尘的遭遇。三、四两句写歌妓的痛苦生活，人前强颜欢笑，装出娇媚模样，而内心却有说不尽的悲酸屈辱，又无处倾诉，只有“背地里泪千行”。“三春”两句进一步表达了妓女长期忍受屈辱、毫无人身自由的悲惨命运。结尾三句写希望能有人来赎出自己，表现出从良的愿望及无法实现的悲怆。

［仙吕］一半儿·拟美人八咏

查德卿

春　　梦

梨花云绕锦香亭，胡蝶春融软玉屏。花外鸟啼三四声。梦初惊，一半儿昏迷一半儿醒。

春　　困

琐窗人静日初曛〔1〕，宝鼎香消火尚温〔2〕。斜倚绣床深闭门。眼昏昏，一半儿微开一半儿盹〔3〕。

春　　妆

自将杨柳品题人〔4〕，笑捻花枝比较春。输与海棠三四分。再偷匀，一半儿胭脂一半儿粉。

春　愁

厌听野雀语雕檐，怕见杨花扑绣帘。拈起绣针还倒拈。两眉尖，一半儿微舒一半儿敛。

春　醉

海棠红晕润初妍，杨柳纤腰舞自偏。笑倚玉奴娇欲眠[5]。粉郎前[6]，一半儿支吾一半儿软。

春　绣

绿窗时有唾茸粘[7]，银甲频将彩线挦[8]。绣到凤凰心自嫌。按春纤[9]，一半儿端相一半儿掩[10]。

春　夜

柳绵扑槛晚风轻，花影横窗淡月明。翠被麝兰熏梦醒。最关情，一半儿温馨一半儿冷。

春　情

自调花露染霜毫[11]，一种春心无处托。欲写又停三四遭。絮叨叨，一半儿连真一半儿草[12]。

【注释】

〔1〕琐窗：镂刻有连锁图案的窗棱。曛：黄昏时落日的余光。

〔2〕宝鼎：此指香炉。

〔3〕盹：目光迟顿迷蒙。

〔4〕自将：自取，自拿。品题：品论人物高下。

〔5〕玉奴：梅花的别名。

〔6〕粉郎：情郎。

〔7〕唾茸：“茸”同“绒”，女子在刺绣时把咬断的线头吐出。

〔8〕挦：扯，拔掉。

〔9〕春纤：指女子纤细的手指。

〔10〕端相：细看。

〔11〕霜毫：用霜后的兔毛或羊毛制成的笔。

〔12〕真：真书，即工整的楷书。草：即草书，此指潦草。

【译文】

《春梦》　梨花像层层白云一样绕着锦香亭，春意融融，蝴蝶翩翩起舞，手拿玉屏去追赶。突然听到繁花外几声鸟啼，好梦刚被惊醒，一半儿昏迷一半清醒。

《春困》　太阳西下，精致的绣窗内，人已静静入眠，香炉内的香气虽已消逝，但还留有余温。我斜靠在绣床上，门紧闭。眼蒙胧，一半微开，一半儿眊。

《春妆》　自个儿把腰肢和杨柳相比，又含笑摘下朵朵春花比较姿容，自感美色不及海棠三四分。暗地里调匀脂粉来涂抹，脸上一半是胭脂一半儿是香粉。

《春愁》　厌烦野雀在屋檐下啼叫，又怕见杨柳飞絮扑上绣窗，抓起的绣花针还是倒着拈。两道细眉尖，一半儿微微舒展，一半儿稍稍收敛。

《春醉》　脸腮上的红晕像海棠初开，杨柳般的细腰袅娜翩跹。她微笑着靠在梅花旁如杨贵妃般娇艳困倦。在情郎面前，她说话一半儿支吾一半儿软。

《春绣》　绿窗上时常有她唾出的线绒粘在上面，她洁白的手指频频地将彩线抽扯，绣到凤凰双飞时心中遗憾。纤细的手将凤凰按住，一半儿端详，一半儿遮掩。

《春夜》　晚风习习，银雪般的柳絮扑亭槛，在淡淡的月光下，一抹花影横布在琐窗前。一觉梦醒翠被上香料的气味仍分外芳馨。回味梦中最柔情蜜意的地方，感到一半儿温馨一半儿孤冷。

《春情》　亲自调好花露水研墨笔毫，春心无处寄托，写写停停反复三四遭。絮絮叨叨，字写的一半工整一半潦草。

【赏析】

这组小令歌咏春日美人。作者从不同的角度写春天美人的生活和情感。每篇集中写一点，或写梦写困，或写梳妆，或写刺绣，或写愁写醉，等等。每篇都紧扣题旨，通过刻画富有特色的典型细节，惟妙惟肖地表现了美人的春日风情，传神逼真，生动鲜活，给人以身临其境之感。

[越调] 柳营曲·江上

查德卿

烟艇闲，雨蓑干，渔翁醉醒江上晚。啼鸟关关[1]，流水潺潺，乐似富春山[2]。数声柔橹江湾，一钩香饵波寒。回头贪兔魄[3]。失意放鱼竿。看，流下蓼花滩[4]。

【注释】

〔1〕关关：鸟叫的声音。

〔2〕富春山：在今浙江桐庐西。东汉隐士严子陵当年隐居垂钓的地方。

〔3〕贪：贪看、观看。兔魄：月亮。传说月中有白兔捣药，故称兔魄。

〔4〕蓼花：生长在水边的植物，花为淡红色或白色。

【译文】

烟雾笼罩下的小船自在悠闲，雨水扯湿的蓑衣又被风吹干，渔翁酒醒时江上天色已晚。听鸟鸣叫，流水潺潺，乐趣恰似严子陵隐居富春山。轻轻摇着船儿驶过江湾，寒波里垂下一钩鱼饵。抬头贪看月亮，不留神放开了鱼竿。回过神来，看那小船已顺流而下，荡进了蓼花滩中。

【赏析】

这是首"渔父词"。曲中渔翁饮酒昏睡，酒醒月下垂钓，那随意自适、悠然自得的生活情境和情怀，俨然一位隐士形象。再看他的生活环境，"啼鸟关关，流水潺潺"，更若仙境。通篇将写景、状物、细节描写融为一体，表现了江上恬淡闲适的渔翁生活，同时也委婉细腻地表现了人物情绪的波动和内心的隐曲。

[正宫] 金殿喜重重（南北合套）[1]·秋思

范居中

[金殿喜重重（南）] 风雨秋堂，孤枕无眠，愁听雁南翔。风也凄凉，雨也凄凉，节序已过重阳。盼归

期何期何事归未得？料天教暂尔参商[2]，昼思乡，夜思乡，此情常是悒怏。

[塞鸿秋（北）]想那人妒青山，愁蹙在眉峰上[3]，泣丹枫[4]，泪滴在香腮上，拔金钗，划损在雕阑上，托瑶琴，哀诉在冰弦上[5]。无事不思量，总为咱身上。争知我懒贪书，羞对酒，也只为他身上。

[金殿喜重重（南）]凄怆，望美人兮天一方，漫想象赋高唐[6]。梦到他行，身到他行[7]，甫能得一霎成双[8]。是谁将好梦都惊破，被西风吹起啼螀[9]。恼刘郎，害潘郎[10]，折倒尽旧日豪放。

[货郎儿（北）][11]想着和他相偎厮傍，知他是千场万场，我怎比司空见惯当寻常？才离了一时半刻，恰便似三暑十霜。

[醉太平（北）]恨程途迷茫，更风波零瀼[12]。我这里千回百转彷徨，撇不下多情数桩，半真半假乔模样，宜嗔宜喜娇情况，知疼知热俏心肠。

[尾声]往事后斯空记省，我正是桃叶桃根各尽伤。

[赚（南）]终日悬望，恰原来捣虚撇抗[13]。误我一向[14]，到此才知言是谎。把当初花前宴乐，星前誓约，真个崔张不让[15]。命该凋丧，险些病染膏肓，此言非妄。

[怕春归（北）][16]白发陡然千丈，非关明镜无情，缘愁似个长[17]。相别时多，相见时难，天公自主张。若能够相见，我和他对着灯儿深讲。

[春归犯（南）][18]自想，但只愁年华老，红颜改，添惆怅。蓦然平地，反生波浪。最莫把青春弃掷，他时难算风流帐。怎辜负银屏绣褥朱幌，才色相当，两情契合非强，怎割舍眉南面北成撇漾[19]！

[尾声（北）]动止幸然俱无恙，画堂内别是风光，散却离忧重欢畅。

【注释】

〔1〕金殿喜重重：曲牌名。南北合套：指套数采取南北合腔的配套方法。散曲本来兴起于北方，都是北曲，后流传到南方，一方面促进南方小调的发展，一方面又吸收一部分南曲来混合配套，成为南北合腔，使音乐更为丰富。

〔2〕参商：即参星和商星。参星居于西方，商星居于东方，两星此出彼没不会相见。后人把参商比作离别。

〔3〕蹙：皱眉，形容愁苦。

〔4〕丹枫：枫叶。秋天枫叶遇霜变成红色，故称丹枫。

〔5〕冰弦：传说用冰蚕丝制作的琴弦。《太真外传》："开元中，中宫白秀贞自蜀回，得琵琶以献，弦乃拘弥国所贡，绿冰蚕丝也。"

〔6〕赋高唐：战国时宋玉作《高唐赋》，写楚襄王与巫山神女欢会的故事。

〔7〕行：处，那边。"梦到"二句：是说梦到他那边，自己也到了他那边。一解是梦见他远游，自己也和他一起远游。

〔8〕甫能：才能。

〔9〕啼螿：鸣蝉。螿：寒蝉。

〔10〕刘郎：指东汉刘晨，传说他与阮肇入天台山采药，遇二仙女留宿，后因思家求归，至家始知子孙已七世矣。潘郎：指晋人潘安，是古代有名的美男子。这里是主人公以刘郎、潘郎自喻。

〔11〕货郎儿：曲牌名。

〔12〕零瀼：零落，沦落。

〔13〕捣虚撇抗：虚情假意，捣鬼玩花招。另解乘虚而入，攻其弱处。语出《史记·孙武传》："批亢捣虚，形格势禁。"

〔14〕误我一向：一直误我。

〔15〕把：把拟、譬如。崔张：即《西厢记》中的崔莺莺和张珙。

〔16〕怕春归：曲牌名。

〔17〕"白发"三句：这里化用李白的《秋浦歌》："白发三千丈，缘愁似个长。"

〔18〕春归犯：词牌名。

〔19〕眉南面北：一个人的眉在南，面在北，形容生别离，不能相合。撇漾：抛撇，扔弃。

【译文】

〔金殿喜重重（南）〕秋意萧索，风雨吹打着简陋的草堂，独宿他乡的人辗转反侧，孤枕难眠。听到南归的大雁啼鸣，这万千愁绪又添万千。风雨凄苦人凄凉，天天盼过重阳，而过了重阳，思家的人还是不能回家乡。料想是老天有意安排，

让这生别离好似参商二星，相思而不得相望。而我这远游人仍日夜思念着故乡，思故乡，忧愁满怀，寂寞忧伤。

〔塞鸿秋（北）〕想伊人在家乡也会满腹愁怨，会将忧愁都堆积在眉峰，将秀眉压弯，会面对红叶，落下盈盈粉泪，点点滴滴都流落到腮边，她还会拔下金钗，在栏干上刻画，计算我的归期。亦会弹琴解愁，而将愁烦全压上琴弦，她时时思量，刻刻挂念，所有的心思情思全为我一人牵绊。而她又怎知我也早已懒读诗书，更羞于把酒问盏，所有的情思、心思，全为她挂牵。

〔金殿喜重重（南）〕凄凉悲怆，遥望伊人却天各一方，曾想像宋玉一样赋一首《高唐》，梦到她那边，人也到她那边，这样才能与她立时入对成双。可又是谁将这好梦惊醒？原来是西风中蝉的凄切之声，这相思不知添了多少惆怅，排遣不去，挥之又生，直待要折磨消耗尽昔日未耽于情的豪放。

〔货郎儿（北）〕想着和她相偎相傍，那欢爱已重复过千次万次，但我又怎能会司空见惯，把那情爱当作寻常？才离开了一时半刻，却似隔了三年十载那么绵长。

〔醉太平（北）〕只恨前途渺茫，更兼险阻迭生，让我漂泊不定，四处流浪，我自在这里千百回地徘徊彷徨，却忘不了抛不下她那种种多情痴情的模样：她半真半假，装傻作呆，她嗔怒欣喜，全是娇态，她知冷知热，百般温存，想到她那纯洁美好的心肠，我唯有黯然神伤。

〔尾声〕往后的事从此不再记念。我正像那桃叶与桃树分离。各自悲伤。

〔赚（南）〕终日里相思，急切盼望，又担心她虚情假意耍花样，误我一往情深，到如今才知全是谎言不是真情真心，就譬如当初都有花前宴乐，星下誓愿，其情之深切缠绵不亚于崔莺莺和张生，但又命里注定要分离，会弄得我同张生一样命近凋残，险些病入膏肓，这话也许并非夸张虚妄。

〔怕春归（北）〕猛然间看到自己有白发千丈长，我知道这并不是明镜对我无情，而是无边的相思忧愁让我变成这番模样，相别时多相见时难，天公任意为人作主张，若能与她相聚重逢，我要和她对着灯儿深坐，说尽相思，诉尽衷肠。

〔春归犯（南）〕我暗地里思量，只怕年华似水，容颜易改，到白头空添伤老的惆怅。这分离犹如平地风波起，世事难料，不能把大好的青春轻意弃掷，否则到时情爱难留，徒留伤悲空自嗟叹，恰风华正茂，怎能辜负那银屏风锦被褥朱红帷帐？郎才女貌，两情相悦并非勉强，怎舍得让眉南面北，有情人两相分张？

〔尾声（北）〕终于回到故乡，伊人容颜依旧，仍是以前的娇美模样，画堂内小别离新相聚自是一番欢喜若狂，离愁悄悄散去，两情相亲相爱重又相依相傍。

【赏析】

套曲描写客居他乡的游子对故乡情人刻骨铭心的思念。风雨敲窗，孤枕难眠，日夜思故乡，是因为心中有情丝缠绕，越思念越感自己孤单，所以风也凄凉，雨也凄凉。并由自己的思念，推己及人，联想到对方也会这般思念自己，可谓：换我心为你心，始知相忆深。在思念中又产生怀疑，[赚（南）] 一节中写到对方会不会是虚情假意，骗自己误入情网，这是相思至深而自然的心理变化，既而又坚定了自己的感情，并要趁着青春年少好好地享受爱情的甜蜜。全曲不靠景物烘托，也不靠语言动作，而是通过人物心底涌起的波澜和复杂微妙的心理变化，来写出游子浓厚挚烈的相思之情。用笔直白，感情真挚，无矫揉造作之态。

[南吕] 一枝花·咏剑

施　惠

离匣牛斗寒[1]，到手风云助。插腰奸胆破，出袖鬼神伏。正直规模[2]，香檀把虎口双吞玉[3]，沙鱼鞘龙鳞密砌珠。挂三尺壁上飞泉，响半夜床头骤雨[4]。

[梁州] 金错落盘花扣挂[5]，碧玲珑镂玉妆束。美名儿今古人争慕。弹鱼空馆[6]，断蟒长途[7]，逢贤把赠，遇寇即除。比莫邪端的全殊，纵干将未必能如[8]。曾遭遇诤朝谗烈士朱云[9]，能回避叹苍穹雄夫项羽。怕追陪报私仇侠客专诸[10]。价孤，世无，数十年是俺家藏物。吓人魂，射人目。相伴着万卷图书酒一壶，遍历江湖。

[尾声] 笑提常向尊前舞，醉解多从醒后赎，则为俺未遂封侯把它久担误。有一日修文用武，驱蛮靖虏[11]，好与清时定边土[12]。

【注释】

〔1〕牛斗：二十八星宿中的牛宿和斗宿。据《晋书·张华传》：张华因见牛斗之间常有紫气照射而得龙泉、太阿二剑。后人常以射牛斗赞宝剑之神。王勃《滕王阁序》："物华天宝，龙光射牛斗之墟。"

〔2〕正直规模：形容剑身又笔直又端正。规模：榜样。

〔3〕虎口：剑柄上手握拿的地方。

〔4〕“挂三尺”二句：是说三尺宝剑挂在墙上，银光闪闪犹如一道飞泉，且泠泠作响，好像骤雨临床。《佩文韵府》引《世说》云：“王子乔墓在京陵，战国时，有盗发之，无所见，惟有一剑，欲进取之，剑作龙鸣虎吼，遂不敢进。”

〔5〕金错：以黄金镶嵌花纹等物叫金错。扣挂：指剑鞘上的带扣。

〔6〕弹鱼空馆：用冯谖弹铗故事。战国时齐人冯谖为孟尝君门客，他不甘受冷落，曾三次弹剑而歌：“长铗归来兮，食无鱼！”“长铗归来兮，出无舆！”“长铗归来兮，无以为家”，后孟尝君一一满足他的要求，此处用此典透露自己怀才不遇的遭遇。

〔7〕断蟒长途：用汉高祖刘邦斩蛇故事。《史记·高祖本纪》：刘邦醉酒行于泽中，有大蛇挡路，众人皆惧，惟刘邦上前将蛇斩为两段，道路乃通。后人以“斩蛇”喻指帝王运的征兆。

〔8〕莫邪、干将：古代名剑。相传为古代著名铸剑师干将、莫邪夫妇所铸。阳曰干将，阴曰莫邪。

〔9〕朱云：据《汉书·朱云传》载：朱云为人刚烈，成帝时，为槐里令，上书直谏，请尚方宝剑以斩佞臣安昌侯张禹。成帝大怒，要杀他，命御史拉他下去，朱云攀折殿前栏杆，大呼：“臣得下从龙逄、比干游于地下足矣！”这是“朱云折槛”的典故。诤：直言劝谏。朝谗：朝廷中的奸佞谗臣。

〔10〕怕追陪：不愿奉陪。追陪：追随效法。专诸：《史记·刺客列传》载：春秋时吴国公子姬光欲刺杀王僚，自立为王，乃摆酒席请王僚，使曾受他恩惠的专诸置匕首于鱼腹中，乘进献鱼之机，即以匕首刺死王僚，专诸亦当场被王僚左右所杀。

〔11〕驱蛮靖虏：驱逐并平定异族侵略者。蛮：对少数民族的泛称。靖：平定。虏：对敌人的蔑称。

〔12〕清时：指政治清明的时候。

【译文】

宝剑出鞘，剑光闪闪生寒，直冲牛斗。握在手中挥舞，剑影凛凛交错，卷起风来云涌。挂在腰间，奸佞贼臣见了皆吓破其胆，出袖一闪，鬼怪神灵都乖乖慑伏，不敢出现。剑身端正笔直，檀香剑柄，柄上虎口两边镶着美玉，沙鱼皮鞘，鞘上痕如鱼鳞似缀满珍珠。挂在墙上如一道银光闪闪的飞泉，半夜泠泠作响，似骤雨降落床头。

〔梁州〕金镶带扣花纺盘绕，碧玉剑坠玲珑剔透，宝剑美名，古往今来人人羡慕，冯谖曾于空馆弹它唱“无鱼”之歌，刘邦曾在泽中用它斩白蟒于途，遇贤者则把它慷慨相赠，遇到寇贼则用它立即铲除。比起名剑莫邪更为名贵特殊，即使古剑干将也比它不上。曾碰到斗争奸佞的硬汉朱云，能避开对天悲叹的英雄项羽，不随为报私仇的侠客专诸。其价世间少有，其身举世皆无，它是数十年来我家珍藏的宝物，动则吓破人魂，射则瞎人眼。它同那一壶酒、万卷书，追随我游历遍江湖。

〔尾声〕高兴时在酒席前操剑起舞，醉了把它解下抵押酒债醒后再赎。只因我未能封侯，所以这宝剑也久被耽误，若有朝一日国家广揽人才修文尚武，我这口宝剑则愿消灭外寇驱除蛮虏，好在政治清明时为国平定边疆沃土。

【赏析】

曲词慷慨激昂，似一首壮怀激烈的赞歌，充溢着咄咄逼人的豪气。通过描写宝剑的剑光神韵、气势来历等，抒发了作者以身许国、除寇安邦的爱国豪情。但纵使剑气如霜，豪气干云，英雄无用武之地，只能期待政治清明时为国效力，平定边疆，这其中又蕴含了多少怀才不遇报国无门的幽愤？

[般涉调] 哨遍[1] ·高祖还乡[2]

睢景臣

社长排门告示[3]，但有的差使无推故[4]。这差使不寻俗，一壁厢纳草也根，一边又要差夫，索应付[5]。又言是车驾，都说是銮舆[6]，今日还乡故。王乡老执定瓦台盘[7]，赵忙郎抱着酒葫芦[8]。新刷来的头巾[9]，恰糨来的绸衫[10]，畅好是妆么大户[11]。

[耍孩儿] 瞎王留引定火乔男女[12]，胡踢蹬吹笛擂鼓[13]。见一彪人马到庄门[14]，匹头里几面旗舒。一面旗白胡阑套住个迎霜兔[15]，一面旗红曲连打着个毕月乌[16]，一面旗鸡学舞[17]，一面旗狗生双翅[18]，一面旗蛇缠葫芦[19]。

[五煞] 红漆了叉[20]，银镀了斧[21]，甜瓜苦瓜黄金镀[22]。明晃晃马蹬枪尖上挑[23]，白雪雪鹅毛扇上铺[24]。

这几个乔人物，拿着些不曾见的器仗，穿着些大作怪的衣服。

[四煞] 辕条上都是马，套顶上不见驴[25]，黄罗伞柄天生曲[26]。车前八个天曹判[27]，车后若干递送夫[28]。更几个多娇女[29]，一般穿着，一样妆梳。

[三煞] 那大汉下的车[30]，众人施礼数。那大汉觑得人如无物。众乡老展脚舒腰拜，那大汉挪身着手扶。猛可里抬头觑[31]，觑多时认得，险气破我胸脯。

[二煞] 你须身姓刘[32]，你妻须姓吕，把你两家儿根脚从头数。你本身做亭长[33]，耽几盏酒，你丈人教村学，读几卷书。曾在俺庄东住，也曾与我喂牛切草，拽坝扶锄[34]。

[一煞] 春采了桑，冬借了俺粟，零支了米麦无重数。换田契强秤了麻三秤，还酒债偷量了豆几斛[35]。有甚胡突处[36]？明标着册历，见放着文书[37]。

[尾] 少我的钱，差发内旋拨还[38]，欠我的粟，税粮中私准除[39]。只道刘三，谁肯把你揪捽住[40]？白甚么改了姓更了名，唤做汉高祖[41]！

【注释】

〔1〕哨遍：曲牌名，又作“稍遍”。

〔2〕高祖还乡：汉高祖刘邦称帝十二年（前195年）平定淮南王英布后，回朝时曾回过故乡沛县（今江苏）。这里是借题发挥。

〔3〕社长：相当于后来的村长。元代以五十家为一社。排门告示：挨家通告。元代农村在各家门前立一粉壁，遇上告示则挨家写上。

〔4〕但有的：凡有的一切。无推故：不许借故推辞。

〔5〕纳草也根：交纳去根的草，即马料。索应付：须应会。差夫：派人做劳役。

〔6〕銮舆：皇帝乘的车。銮：车前铃。舆：车。

〔7〕乡老：汉制每乡置乡老一人，管理教化乡人，后泛指德高望重的乡民。瓦台盘：盛食物或礼品的托盘。

〔8〕忙郎：元时俗语，又作吂郎，指村童，是对乡间好事少年的称呼。

〔9〕新刷：刚洗的。

〔10〕恰糨来的绸衫：刚刚用米汤浆过的绸纱。糨：同“浆”，衣服洗净后，用米

汤浸过，使干后发硬发挺。

〔11〕畅好是：简直是，真是。妆么：装模作样。

〔12〕王留：元曲中常用的农村中好事者的名字。引定：引来、率领。乔男女：滑稽可笑、不三不四的人。男女：这里是对男子的蔑称。

〔13〕胡踢蹬：瞎胡闹。

〔14〕一彪：一伙、一队。

〔15〕“白胡阑”句：白环套住一只白兔，指月旗。胡阑：合音为“环”。迎霜兔：指玉兔。传说中月亮上有一个捣药的玉兔，故白环中画一个白兔代表月亮。

〔16〕“红曲连”句：红圈上套着一个乌鸦，即日旗。曲连：合音为“圈”。毕月乌：古代天文将七曜（日月水木金火土）配二十八宿，又以各种鸟兽配二十八宿。毕宿配月曜配乌鸦，故称毕月乌。这里指乌鸦。传说日中有三足之乌，故红圈中画一乌鸦代表太阳。

〔17〕学舞：指凤凰旗。这里是农民把凤凰看成鸡了。

〔18〕狗生双翅：这里指飞虎旗。

〔19〕蛇缠葫芦：这里指蟠龙戏珠旗。以上用农民口气去胡乱解释仪仗旗，有鄙视的意味。

〔20〕红漆了叉：这里指画戟。戟：古代一种兵器，又作仪仗用品。

〔21〕银镀了斧：镀银的斧钺，用作帝王的仪仗。

〔22〕“甜瓜”句：指金瓜锤。本是一种兵器，后多作仪仗用。

〔23〕“明晃晃”句：指朝天蹬，也是仪仗用品，形如马蹬挑在枪尖上。

〔24〕“白雪雪”句：指雪白的鹅毛宫扇，也叫障扇或掌扇。

〔25〕辕条：即车辕子，车前驾马的地方。套顶：即套在牲口脖子上的套圈。这两句写农民对车驾全部用马表示吃惊，因为当时农村多用骡和驴驾辕。

〔26〕黄罗伞：用黄绫制成，如伞状的一种仪仗。

〔27〕天曹判：天府的判官。这里指皇帝身边的侍从官员。

〔28〕递送夫：指前后奔走递送东西的侍从。

〔29〕多娇女：随侍的宫女。

〔30〕那大汉：指刘邦。

〔31〕猛可里：猛然间。

〔32〕须：本，应该。

〔33〕亭长：秦时地方小吏，十里为一亭，十亭为一乡，刘邦做过沛县泗水亭长。

〔34〕拽坝扶锄：耙田锄地。坝，即耙。拽坝：拉耙碎土整地。

〔35〕斛：量器名，古以十斗为一斛，后以五斗为一斛。

〔36〕胡突：糊涂，不明白。

〔37〕册历：账册。文书：指借据。见：同“现”。

〔38〕差发：摊派的官差负担。旋：以后，即“回头”。

〔39〕私准除：私下里扣除。

〔40〕揪捽：紧紧地抓住。

〔41〕白甚么：凭什么、平白无故。高祖是刘邦死后的庙号。一般开国皇帝称高祖，刘邦生前回乡时，是不可能有此称呼的。此曲说刘三（刘邦的混名）改名为汉高祖，一句嘲讽刘邦的俏皮话是作者的故意调侃。

【译文】

社长挨家挨户地写告示通知大家，凡派出的差事服役，谁都不能无故推托。这次的差事可不同寻常，既要交纳去根的草料，又要承担侍候官府的劳役，这些都要应付。听说是出行的车马，又说是皇帝乘着銮驾要衣锦还故乡。王乡老手捧着献礼的托盘，毕恭毕敬，赵忙郎抱着个酒葫芦，煞有介事。他们戴着新洗过的头巾，穿着刚浆过熨平的绸衫，装得好像是大户人家的模样。

〔耍孩儿〕不一会儿，瞎王留引来一伙不三不四的家伙，胡乱地吹笛擂鼓。紧接着一大队人马来到庄门前，当头的是几面飘展的旗子，一面旗上画个白环套着个白兔，一面旗上是个红圈套着个乌鸦，一面旗上描着只学跳舞的鸡，一面旗上绣了个长着双翅的狗，还有一面旗上画了条蛇缠住个葫芦。

〔五煞〕后面是红漆漆过的叉子，白银镀过的斧子，还有那甜瓜苦瓜竟然都镀上一层黄金。明晃晃的马蹬挑在枪尖上，雪白的鹅毛做成大扇子。这几个怪模怪样的人物，手里拿着不曾见过的家伙，身上穿着稀奇古怪的衣服。

〔四煞〕驾辕的都是马，拉套的不见驴，旁边撑着一把大黄伞，伞柄还弯弯曲曲。车前有七八个天府判官似的人物，车后跟着几个来回跑腿的脚夫，还有几个娇滴滴的女子，都是一样的打扮，一样的妆梳。

〔三煞〕那大汉下了车，众人都忙向他叩头施礼。他却趾高气扬，好像眼里没看见人。众乡亲叉脚弯腰跪拜在他面前，他才挪动下身子来搀扶。猛然间我抬头一看，看了多时总算看清楚，这面目差点气破我的胸脯。

〔二煞〕你自己本来姓刘，你老婆姓吕，咱们老早就认识，我可以把你两家从头到脚都细数。你自己当过亭长，平时爱贪几杯酒。你丈人在庄里教村学，也算读过几卷书，你曾在俺庄东头住，曾跟我一起喂牛割草，拉耙整地，除草挥锄。

〔一煞〕你春天采过俺家的桑，冬天借过俺家的粟，零零碎碎借俺的米麦更没法计算。换田契时，你强称了俺三秤麻，还酒债时你又偷量了俺几斛大豆，这没有什么糊涂处，如今还明摆着以前的账本，现放着昔日的字据文书。

〔尾〕既然你今天当了大官，那少我的钱，以后可以在摊派的官差税里扣还。欠我的粮，也可

以在税粮中私下扣除。你说你刘三这次回来，谁还能揪住你不放？又何必要改名换姓，叫作什么汉高祖！

【赏析】

《汉书·高祖纪》中记载：公元前195年，刘邦登基十二年，平定淮南王英布的叛乱后，班师还朝时，途经故乡沛县，曾逗留十几天，受到乡亲们的热烈欢迎。他曾召集父老聚会，大摆宴席，酒酣时，刘邦击筑而歌：“大风起兮云飞扬，威加海内兮归故乡，安得猛士兮守四方。”颇有叱咤风云的气概。而这曲《高祖还乡》却以乡民的眼光口吻，把一位“威加海内”、至高无上的皇帝描绘成一个令人讨厌、滑稽可笑的人物。刘邦的耀武扬威，不可一世，打着各种仪仗，跟随大批侍从、宫女，在乡民的眼里全是怪模怪样，滑稽可笑。乡民们没见过宫里的人和事，叫不出名称，就以农村常见的事物来称呼，用自己的语言凭自己的想象乱猜胡诌，使一场隆重的接驾场面，成为一出令人发笑的闹剧。

待看清皇帝的尊容，却原来是村里有名的酒鬼、无赖刘三。写他曾经强称过别人的麻，偷了人家的大豆，借钱借粮都不还，彻底揭了皇帝的老底。在封建社会，皇帝具有至高无上的权力，作者借乡民之口，剥下封建皇帝的神圣不可侵犯的外衣，狠狠地讽刺挖苦，其胆识实在是惊人的，由其是最后一句“白甚么改了姓更了名，唤做汉高祖”，确是传神之笔，调侃得非常精妙。全曲语言幽默泼辣，令人捧腹，句句含讽，入木三分，成为元曲中脍炙人口、盛传不衰的名篇。

[越调] 寨儿令〔1〕

周文质

挑短檠〔2〕，倚云屏〔3〕，伤心伴人清瘦影。薄酒初醒，好梦难成，斜月为谁明？闷恹恹听彻残更，意迟迟盼杀多情〔4〕。西风穿户冷，檐马隔帘鸣〔5〕。叮，疑是佩环声。

【注释】

〔1〕寨儿令：曲牌名，又名 [柳营曲]。

〔2〕短檠：低矮的灯架、灯台。这里指代油灯。古代寒门读书人多用短檠。苏轼

《侄安节远来夜坐》诗："免使韩公悲世事，白头还对短灯檠。"

〔3〕云屏：摆在室内的屏风。

〔4〕盼杀：即盼煞。多情：指心中所恋的人。

〔5〕檐马：挂在屋檐下的风铃。

【译文】

重新把油灯挑亮，独自倚靠着屏风，伤心夜冷，空对着灯下相伴的清瘦身影。饮一杯薄酒，渐渐入梦，却又骤然醒来，连场好梦都难做成，抬起头，望见西斜的月亮冷冷清清，不知道它到底为谁而圆，为谁而明？无精打采地听到更鼓将尽，神思恍惚地盼着心上人的身影。萧瑟的秋风穿户而入，尽生寒意，屋檐下的风铃隔着门帘响个不停。叮零，还以为是她来时的环佩之声。

【赏析】

挑灯独守，斜倚云屏，欲借酒浇愁，却又是好梦难成。无尽的相思更显独处的寂寞凄凉。月上西天，听彻残更，说明主人公整夜未眠，守着漫漫长夜，等待情人的到来，明知道情人不会来，还是痴痴地等，听到檐下的风铃响，都误以为是心上人的环佩叮咚声。作者用笔细腻，刻画传神，写尽相思。

［双调］落梅风〔1〕

周文质

鸾凤配，莺燕约〔2〕，感萧娘肯怜才貌〔3〕。除琴剑又别无珍共宝〔4〕，只一片赤诚心要也不要？

【注释】

〔1〕落梅风：曲牌名，又名［寿阳曲］。

〔2〕鸾凤配、莺燕约：比喻男女匹配，爱情的盟约。

〔3〕萧娘：唐以后对女子的泛称。唐杨巨源《萧娘》："风流才子多春思，肠断萧娘一纸书。"怜：珍惜、爱。

〔4〕琴剑：琴与剑。古代文士随身所带之物。薛能《送冯温往河外》："琴剑事行装，河关出北方。"

【译文】

鸾凤匹，莺燕相约，感谢萧娘肯爱惜我人品才貌。除了琴与剑，身上没有其他的珍宝，只有一颗赤诚的心，你要也不要？

【赏析】

这一首恋曲，深情感人，深切表达出清贫文士重才重心的爱情观，无财宝，无地位，只有一颗赤诚爱恋的心，而实际这颗心已比什么都重要。

[双调] 折桂令·题金山寺〔1〕

赵禹圭

长江浩浩西来，水面云山，山上楼台。山水相辉，楼台相映，天与安排。诗句就云山动色，酒杯倾天地忘怀。醉眼睁开，遥望蓬莱〔2〕。一半烟遮，一半云埋。

【注释】

〔1〕金山寺：在今江苏镇江市西北的金山上。原名泽心寺，又名江天寺，始建于东晋，唐代因开山得金，遂名金山寺。金山寺所在的金山，原雄峙在长江中，层浪浮拥，山上楼观相属，云蒸霞蔚，是个有名的风景去处。

〔2〕蓬莱：传说中的仙山。《史记·秦始皇本纪》："海中有三神山，名曰蓬莱、方丈、瀛洲。"这里指眼前美景。

【译文】

长江之水浩浩荡荡从西而来，奔腾的江面上升起一座云雾缭绕的青山，山上高低座落着楼阁亭台。山光与水色相连，楼台与水中剪影相对，山在水中，水在山上，真是交相辉映，相映成趣，这山水奇观也许是天公的巧妙安排。面对着浩渺之水，缥缈云山，写成诗句仿佛云山也为之动容。开怀畅饮，倾翻酒杯，将天地一切都抛开忘怀。睁开蒙胧的醉眼，遥望茫茫水中的金山，那蓬莱仙境一半儿被烟雾遮盖，一半儿被叠叠的云层掩埋。

【赏析】

长江浩浩，水面云山。一出笔便置金山寺于水浪之上，烟波之中，给人以宏伟壮阔之感。“诗句就云山动色，酒杯倾天地忘怀。”豪兴诗情，风起云涌，凸现出作者狂放不羁，纵情山水的情怀。但对尾几句“蓬莱”,“云埋”，给金山寺披上一层恍惚迷离的色彩，透露出作者的迷惘之感，对人生的失望，含不尽之意于言外。

[中吕] 满庭芳·渔父词

乔　吉

秋江暮景，胭脂林障[1]，翡翠山屏。几年罢却青云兴[2]，直泛沧溟[3]。卧御榻弯的腿疼，坐羊皮惯得身轻[4]。风初定，丝纶慢整，牵动一潭星[5]。

【注释】

〔1〕胭脂林障：意思是秋天树林里树叶都变成红色，像是红色林障。胭脂：形容红色的树叶。

〔2〕青云兴：进取仕途的兴头。

〔3〕沧溟：大海。泛沧溟：这里指隐居。

〔4〕“卧御榻”两句：化用东汉著名隐士严子陵的故事。据《后汉书·逸民传》载，东汉人严子陵，会稽余姚人。他少时与刘秀同学，刘秀做了皇帝，邀他进京。晚上二人同眠，严子陵把脚伸到光武帝的肚子上。刘秀要封他官爵，他还是隐居起来，耕钓终身。这里是说伴君王受拘束，睡在御榻上不舒服，腿都弯疼了，不自由，还是不做官身心安稳。

〔5〕“丝纶”二句：化用秦观《满庭芳》：“金钩细，丝纶慢卷，牵动一潭星。”丝纶：钓丝。

【译文】

傍晚，在江头眺望秋日的晚景。枫叶转红，层林尽染，有如一道胭脂林障，暮色苍茫，山峦青翠，好似一排翡翠屏风。几年来，早就打消了追求功名的兴头，而愿意泛舟江湖，隐于江湖。同皇帝共卧龙榻会弯得腰疼，哪有坐在羊皮袄上垂钓一身轻松？风儿刚刚停住，慢慢地把钓丝调整，泛起波光粼粼，牵动一潭星影。

【赏析】

这首小令写隐居的乐趣，甘于隐则身边的风景皆是美。简单几笔就勾画出一幅秋江暮色垂钓图。一江秋水，云青如翡翠，层林尽染胭脂红，这风光如此壮丽而又静美，怎还会让人再思进取仕途？风波不兴潭面平静，钓丝一动，则牵动一潭星影，渔父便沉醉在这种垂钓之美中。全曲风格清雅，出笔即是画，惟“清丽”不能形容。

［中吕］山坡羊·寓兴

乔　吉

鹏抟九万〔1〕，腰缠万贯，扬州鹤背骑来惯〔2〕。事间关〔3〕，景阑珊〔4〕，黄金不富英雄汉，一片世情天地间〔5〕。白，也是眼；青，也是眼〔6〕。

【注释】

〔1〕“鹏抟”句：《庄子·逍遥游》：“鹏之徙于南溟也，水击三千里，抟扶摇而上者九万里。”这里比喻奋发有为、志向远大。

〔2〕“腰缠”二句：谓升官、发财、成仙三者兼得。南朝殷芸《小说》载，有几个人相聚一处，各言其志：“或愿为扬州刺史，或愿多资财，或愿骑鹤上天。其一人曰：‘腰缠十万贯，骑鹤上扬州。’欲兼诸。”以上两句借比人正在春风得意的当口上。十万：指十万贯钱。

〔3〕事间关：世事艰险，道路崎岖。间关：道路险阻。《汉书·王莽传》注：“师古曰：间关，犹言崎岖辗转也。”

〔4〕景阑珊：景色衰败。阑珊：衰落、将残的意思。这里喻前景不妙。

〔5〕世情：指炎凉的世态。

〔6〕“青、白眼”句：晋阮籍蔑视当时的门阀制度和礼数。《晋书·阮籍传》：“籍能为青白眼。”青眼，眼光向下，表对人喜爱。白眼，目光朝上，表示轻蔑或憎恶。这里指小人的势利眼。

【译文】

像大鹏展翅，高飞九万里长空。飞黄腾达，腰缠十万贯钱，驾鹤飞到扬州，升官发财又做神仙。可世事艰难，道路艰险，好景瞬间衰败，前途黯淡，黄金虽到处都有，但却与英雄无缘，天地间都是世态炎凉，人情冷暖。白眼，也是他眼；青眼，也是他眼。

【赏析】

小令写世事的兴衰变化和世风的炎凉冷暖。一时青云直上，春风得意，万人仰羡，一时空遭衰败，英雄没落，仰慕的目光便转成白眼。“白，也是眼；青，也是眼。”活画出势利小人的丑陋嘴脸。

[双调] 折桂令·七昔赠歌者

乔　吉

崔徽休写丹青[1]，雨弱云娇，水秀山明。箸点歌唇[2]，葱枝纤手，好个卿卿[3]。水洒不着春妆整整，风吹的倒玉立亭亭，浅醉微醒谁伴云屏？今夜新凉，卧看双星[4]。

【注释】

〔1〕崔徽：唐代歌妓，貌甚美，善画，曾画自己的肖像送给恋人。

〔2〕箸点：形容女子的樱唇小如筷子头。箸：筷子。

〔3〕卿卿：对恋人的昵称。

〔4〕“今夜新凉”两句：化用杜牧诗：“天阶夜色凉如水，卧看牵牛织女星。”双星：指牛郎、织女星。

【译文】

崔徽无须再画肖像增添美色，歌女之美远胜过崔徽。她似春雨纤细柔弱，如云朵万千娇媚，碧水的灵秀，青山的明丽都要逊她三分。樱唇一点，小如筷箸，纤纤素手，细如葱根，好一个翩翩娇美的佳人。罗衣齐整，长短合宜，溅落的水飘洒不着，体态轻盈，亭亭玉立，吹来的风便可吹倒。从浅浅的醉意中醒来，独倚着云母画屏，谁人相依相伴？夜深阶冷生凉，天上牛郎织女，月下只一人愁看。

【赏析】

弱雨娇云，秀水明山，此四物皆美，而歌女融四者于一体，则更美之甚。歌女之美无与伦比，而美者却独坐云屏，卧看双星，状出她的孤单寂寞，尽显作者怜爱之情，由美生情，由形美到神美，从而使佳人形象更丰满动人。

[双调] 清江引·笑靥儿

乔　吉

凤酥不将腮斗儿匀[1]，巧倩含娇俊[2]。红镌玉有痕[3]，暖嵌花生晕。旋窝儿粉香都是春[4]。

【注释】

〔1〕凤酥：即凤膏，油脂化妆品。腮斗儿：指腮边的酒窝。“凤酥”句：是说抹上化妆油膏也不能把腮边的酒窝抹匀，突出笑窝的深和显眼。

〔2〕“巧倩”句：化用《诗经·卫风·硕人》：“巧笑倩兮，美目盼兮”，此处意谓笑时酒窝显得娇美俊秀。

〔3〕“红镌”句：形容美靥在脸颊上有如红玉上刻下痕迹。

〔4〕旋窝儿：即酒窝。

【译文】

浓浓的脂粉也不能把那深深的酒窝抹匀，含笑的酒窝格外娇美迷人，就像美玉上镌刻的红色印迹，更像嵌在脸上的一朵春花，含着暖暖的红晕。那笑靥儿散发的芬香满是清纯，满是春天的温馨。

【赏析】

笑靥之美，色如春晓之花，状如玉上刻痕，浓浓的脂粉也抹它不去，其美之媚，娇美动人，其美之暖，如春之温馨。一个小小的酒窝就如此之美，则那女子的美丽就不言自明，无以用言语形容了。

[中吕] 山坡羊·冬日写怀

乔　吉

朝三暮四，昨非今是，痴儿不解荣枯事[1]。攒家私，宠花枝[2]。黄金壮起荒淫志，千百锭买张招状纸[3]。身，已至此；心，犹未死。

【注释】

〔1〕痴儿：愚蠢的人，这里指贪财好色的人。荣枯：指盛衰、沉浮、得失。

〔2〕宠花枝：指贪恋女色。

〔3〕锭：古时金银五两或十两为一锭。招状纸：犯人供认罪状的文书。

【译文】

终日朝三暮四，反复无常，昨天还是是，今天便是非，那些愚蠢的家伙，贪欲蒙蔽了双眼，怎懂得世间盛衰、荣枯的道理？他们贪婪地敛家财，终日沉湎于女色，有了金钱更使他们荒淫无耻，耗去千百锭金银最终换来的不过是张招认罪状的供纸。但他们的人身，已堕落至此，而他们贪财好色的心，仍然没有死。

【赏析】

小令写富人的狡诈和反复无常，他们根本不懂得世事荣枯兴衰的道理，贪财好色，越有钱越好色，越有钱越荒淫，直到坠入罪恶的深渊，身败名裂，仍不知悔悟。“身，已至此；心，犹未死”，结尾一语将贪财好色的顽固恶劣本性活画出来。世事变化无常，人性不可救药，这是作者对荒唐世道的无奈叹息。

［越调］凭阑人·金陵道中

乔　吉

瘦马驮诗天一涯[1]，倦鸟呼愁村数家[2]。扑头飞柳花，与人添鬓华[3]。

【注释】

〔1〕驮诗：背负诗囊。此处用唐李贺故事。据传说李贺每天骑驴出游，背一个破锦囊，有了诗句便投进囊中，晚上写成诗。这里作者代指自己。

〔2〕倦鸟：喻倦游之人。陶渊明《归去来辞》：“鸟倦飞而知还。”

〔3〕鬓华：两鬓花白的头发。

【译文】

骑着瘦马，驮着诗囊，流浪在天涯一方，疲倦的鸟儿在头顶呼愁唤怨，疲惫的人已走过几处村庄。迎面扑来片片柳絮飞花，沾在人的鬓角上，无端地给人增添了花白的头发。

【赏析】

作者一生浪迹江湖，此为行进在金陵道中时所作。骑着瘦马，沦落天涯，已是万端愁苦，而又倦鸟呼愁，柳花扑头，则更显羁旅愁怀，非柳花增添白发，而是多年流浪奔波，使人渐生华发，寥寥四句，皆是辛酸凄凉，读来令人伤怀。

[双调] 水仙子·寻梅

乔　吉

冬前冬后几村庄[1]，溪北溪南两履霜[2]，树头树底孤山上[3]。冷风来何处香，忽相逢缟袂绡裳[4]。酒醒寒惊梦[5]，笛凄春断肠[6]，淡月昏黄。

【注释】

〔1〕冬前冬后：指立冬前和立冬后。

〔2〕溪北溪南：可能是指杭州的西溪。西溪亦为当时产梅胜地。

〔3〕孤山：在杭州西湖，宋人林逋曾隐居于此，以种梅养鹤自娱。

〔4〕缟袂绡裳：指淡妆素服的仙女。缟：细白的绡。绡：生丝织成的薄绸。袂：衣袖。

〔5〕“酒醒句”：用形容见到梅花时如醉如痴的情态。用隋赵师雄过罗浮山遇梅花仙子的故事。

〔6〕“笛凄”句：是说笛声凄咽催使春尽梅落。古笛曲有《梅花落》。李白《听黄鹤楼上吹笛》：“黄鹤楼前吹玉笛，江城五月落梅花。”宋连静女《武陵春》：“笛里声声不忍听，浑是断肠声。”

【译文】

冬前冬后转遍了几个村庄，踏遍溪南溪北，双脚都沾满霜，又爬上孤山，在梅树丛中上下寻觅，都未见到梅花的踪迹。寻梅不遇，沮丧地立于山头，忽然一阵冷风吹来，不知从何处带来一阵幽香，蓦然回首，她竟就在身后，那样淡妆素雅，俏然而立。我顿时如遇梅花仙子一般，惊讶于她清丽脱俗，沉醉于她的风采绝代。然而春寒使我从醉梦中醒来，听到凄怨的笛声，便想到春天会尽，梅花也会片片凋落，此时淡淡的月色笼罩着黄昏。

【赏析】

寻梅之久，久之不遇，自是伤感失落，然而失望之余，梅却不期然出现，那种“众里寻他千百度，那人却在灯火阑珊处”的美感也随之出现。然而，寻得梅后，既有遇仙子般的喜悦，又有怕春尽梅落的悲伤，这其中有对梅的爱，也有自伤之情。全曲写寻梅，却不着一个“梅”字，感情倾泻出来，而梅却虚无缥缈，也是这缥缈才让梅花之美有如仙子，清丽妙曼，似触手可及，却不可近身亵玩。

［双调］卖花声·悟世

乔　吉

肝肠百炼炉间铁，富贵三更枕上蝶〔1〕。功名两字酒中蛇〔2〕。尖风薄雪，残杯冷炙，掩清灯竹篱茅舍。

【注释】

〔1〕枕上蝶：用“庄周梦蝶”的典故。《庄子·齐物论》说，庄子在梦中化为蝴蝶，醒来后觉得究竟是自己梦化蝴蝶还是蝴蝶梦化自己，实在分辨不清。指虚幻梦境。

〔2〕酒中蛇：化用“杯弓蛇影”典故。据汉应劭《风俗通义·怪神》记载，有人做客饮酒时，杯中有弓影，他以为是蛇在酒中，勉强喝下，即疑虑而得病。这里比喻求取功名犹如蛇影，不过是庸人自扰。

【译文】

肝肠像炉中的百炼的钢铁，富贵对我来说如庄周梦中的蝴蝶，功名两字就如同酒杯中的蛇影。世道似尖利寒风薄雪，一盏灯照一杯剩酒半盘冷菜，还是掩好灯守着这竹篱茅舍。

【赏析】

乔吉一生落魄，怀才不遇，曲中的寒士，实际上就是作者的自我写照。作者嘲讽功名仕途，但在这嘲讽之中带有苦涩，洒脱背后包含着沉痛。“肝肠百炼炉间铁”是最好的证明，正是因为经历了无数次坎坷磨难，懂得仕途风险和世态炎凉，才会视富贵功名为虚幻，将它们彻底否定。

[双调] 蟾宫曲·题《录鬼簿》[1]

周　浩

想贞元朝士无多[2]，满目江山，日月如梭。上苑繁华[3]，西湖富贵[4]，总付高歌。麒麟冢衣冠坎坷[5]，凤凰台人物蹉跎[6]。生待如何？死待如何？纸上清名，万古难磨。

【注释】

〔1〕录鬼簿：是元末钟嗣成穷半生精力写成的一部戏曲史著作，记录有元一代戏曲作家一百五十二人和剧目四百余种，并给已故部分作家写了吊词。是研究元曲的重要史料。

〔2〕贞元：唐德宗年号。贞元年间柳宗元、刘禹锡等一批朝士曾活跃过一时，但不久革新失败，便冷落了下来。刘禹锡到晚年时曾追忆过往事，吟出了“休唱贞元供奉曲，当时朝士已无多”（《听旧宫人穆氏唱歌》）。此处借用其句，意谓当年活跃的名公才人已寥若晨星。

〔3〕上苑：即上林苑，秦时所建，汉武帝扩建，为帝王游猎场所。这里指元大都（今北京市）。

〔4〕西湖：今杭州西湖，当时也是人聚会之所，并常常有散曲咏唱西湖的繁盛。

〔5〕麒麟冢：指王侯贵族的坟墓。

〔6〕凤凰台：在今南京。据说晋代年间有鸟汇集此处，文彩如孔雀，时人传说是凤凰，故名。这里借以比喻人才荟萃的地方。

【译文】

回想当年在朝的名公才人今天已所剩无多，满目江山依旧，如梭岁月无情。京城的繁华，西湖的富贵，结果都只留在戏曲的歌声之中。埋在麒麟冢里的名公士子，他们的仕途是多么坎坷曲折，汇聚在凤凰台的风流人物，他们的一生又是如此的苦恼和蹉跎。他们活着又能得到什么？即使死了又会失去什么？能在纸上留得清名，是千年万载也磨灭不了的！

【赏析】

这首题《录鬼簿》的小令，作者周浩将钟嗣成引为知己，在称赞钟嗣成远见卓识的同时，表达了自己的同感，称赞这本书的价值。在作者看来，无论是上苑的繁华还是西湖的富贵，都随着时光的流逝，成了过眼烟云。而那些元杂剧、散曲作家的名字却留在了人们的心中。这种把文学事业提高到超乎生死、跨越时空的高度，是典型的儒家“立言”、“立德”和“立功”的思想表现。

［中吕］朝天子·归隐

汪元亨

荣华梦一场，功名纸半张，是非海波千丈。马蹄踏碎禁街霜，听几度头鸡唱。尘土衣冠，江湖心量。出皇家麟凤网[1]，羡夷齐首阳[2]，叹韩彭未央[3]。早纳纸风魔状[4]。

【注释】

〔1〕皇家麟凤网：指皇家的官位如罗网。

〔2〕夷齐首阳：周灭商后，伯夷、叔齐耻食周粟，隐居并饿死在首阳山中。

〔3〕韩彭未央：指韩信、彭越都遭吕后在未央宫中杀害。

〔4〕风魔：疯颠。

【译文】

荣华富贵有如梦一场，功名利禄不过纸一张，是非争斗就像大海中涌起的波浪。天未亮就骑着马冒着寒霜去朝见皇上，天天听到头遍鸡唱。功名路上尘土满衣冠，归隐的事早已在心头思量，可叹那韩信和彭越命丧未央宫。递辞呈装疯颠赶快退隐归乡。

【赏析】

这首小令写了作者的归隐之情。作者利用对官场的险恶和世事多变的描写，衬托出皇家的刻薄寡恩，并由此慨叹荣华如梦，劝世人应该以韩信和彭越为戒，早些归隐。

[正宫] 端正好·上高监司[1]

刘时中

众生灵遭魔障[2]，正值着时岁饥荒。谢恩光拯济皆无恙[3]，编做本词儿唱。

[滚绣球] 去年时正插秧，天反常，那里取若时雨降[4]？旱魃生四野灾伤[5]。谷不登，麦不长，因此万民失望。一日日物价高涨，十分料钞加三倒[6]，一斗粗粮折四量，煞是凄凉。

[倘秀才] 殷实户欺心不良[7]，停塌户瞒天不当[8]。吞象心肠歹伎俩。谷中添秕屑，米内插粗糠，怎指望他儿孙久长。

[滚绣球] 甑生尘老弱饥[9]，米如珠少壮荒。有金银那里每典当？尽枵腹高卧斜阳[10]。剥榆树餐，挑野菜尝。吃黄不老胜如熊掌[11]，蕨根粉以代糇粮。鹅肠苦菜连根煮[12]，荻笋芦莴带叶咗[13]，则留下杞柳株樟[14]。

[倘秀才] 或是捶麻柘稠调豆浆，或是煮麦麸稀和细糠，他每早合掌擎拳谢上苍。一个个黄如经纸，一个个瘦似豺狼，填街卧巷。

[滚绣球] 偷宰了些阔角牛，盗斫了些大叶桑[15]。遭时疫无棺活葬，贱卖了些家业田庄。嫡亲儿共女，等闲参与商[16]。痛分离是何情况！乳哺儿没人要撇入长江。那里取厨中剩饭杯中酒，看了些河里孩儿岸上娘，不由我不哽咽悲伤。

[倘秀才] 私牙子船湾外港[17]，行过河中宵月朗。则发迹了些无徒米麦行。牙钱加倍解，卖面处两般装，昏钞早先除了四两[18]。

［滚绣球］江乡相[19]，有义仓，积年系税户掌。借贷数补答得十分停当，都侵用过将官府行唐[20]。那近日劝粜到江乡[21]，按户口给月粮。富户都用钱买放，无实惠尽是虚桩。充饥画饼诚堪笑，印信凭由却是谎，快活了些社长、知房[22]。

［伴读书］磨灭尽诸豪壮，断送了些闲浮浪[23]。抱子携男扶筇杖[24]，尪羸伛偻如虾样[25]，一丝好气沿途创，阁泪汪汪。

［货郎］见饿莩成行街上[26]，乞丐拦门斗抢。便财主每也怀金鹄立待其亡[27]。感谢这监司主张，似汲黯开仓[28]。披星戴月热中肠，济与粜亲临发放。见孤孀疾病无皈向，差医煮粥分厢巷。更把赃输钱分例米，多般儿区处的最优长。众饥民共仰，似枯木逢春，萌芽再长。

［叨叨令］有钱的贩米谷、置田庄、添生放，无钱的少过活、分骨肉、无承望；有钱的纳宠妾、买人口、偏兴旺，无钱的受饥馁、填沟壑、遭灾障。小民好苦也么哥，小民好苦也么哥，便秋收鬻妻卖子家私丧[29]。

［三煞］这相公爱民忧国无偏党，发政施仁有激昂。恤老怜贫，视民如子，起死回生，扶弱摧强。万万人感恩知德，刻骨铭心，恨不得展草垂缰[30]，覆盆之下，同受太阳光。

［二煞］天生社稷真卿相[31]，才称朝廷作栋梁。这相公主见宏深，秉心仁恕，治政公平，莅事慈祥。可与萧曹比并[32]，伊傅齐肩[33]，周召班行[34]。紫泥宣诏[35]，花衬马蹄忙[36]。

［一煞］愿得早居玉笋朝班上，伫看金瓯姓字香，入阙朝京，攀龙附凤，和鼎调羹，论道兴邦。受用取貂蝉济楚，衮绣峥嵘[37]，珂佩叮当[38]。普天下万民乐业，都知是前任绣衣郎[39]。

[尾声] 相门出相前人奖，官上加官后代昌。活被生灵恩不忘，粒我烝民德怎偿[40]。父老儿童细较量，樵叟渔夫曾论讲。共说东湖柳岸旁，那里清幽更舒畅。靠着云卿苏圃场[41]，与徐孺子流芳挹清况[42]。盖一座祠堂人供养，立一统碑碣字数行，将德政因由都载上，使万万代官民见时节想。

【注释】

〔1〕监司：元代称廉访使，是监察州县的地方长官。

〔2〕生灵：百姓。魔障：灾难。这里指旱灾。

〔3〕恩光：指朝廷恩泽。

〔4〕取若：犹言得到、取得。

〔5〕旱魃：古代传说中能造成旱灾的怪物。

〔6〕料钞：元朝初年发行的一种纸币，因以丝料作合价的标准，故叫料钞。

〔7〕殷实户：有钱有粮的户。

〔8〕停塌户：指囤积粮食没有上报的商户。

〔9〕甑：古代陶制的蒸食炊具。

〔10〕枵腹：空着肚子。

〔11〕黄不老：即黄檗，落叶乔木，果实和树皮都是药材，味苦可食；另一解是一种野菜。

〔12〕鹅肠苦菜：一种野菜，又叫蘩缕，味苦可食。

〔13〕哇：吃，吞。

〔14〕杞柳：柳树。株樟：樟树。

〔15〕斫：砍。

〔16〕参、商：二星名，一西一东，此出彼没，永远不能相见。这里喻骨肉分离。

〔17〕私牙子：旧时在集市贸易中，以介绍买卖为业的人。

〔18〕昏钞：破损的钞票。

〔19〕江乡相：指乡官。

〔20〕行唐：搪塞。

〔21〕粜：卖出粮食。

〔22〕社长：可以管辖五十户人家的基层小官。知房：族长，掌管宗族事务的人。

〔23〕闲浮浪：放荡不务正业的人。

〔24〕筇杖：竹杖、拐杖。

〔25〕尪羸：瘦弱。

〔26〕饿莩：饿死的人。

〔27〕鹄立：立着引颈张望。鹄：天鹅。

〔28〕汲黯：汉武帝时的官吏，为官清正，奉命到外地视察灾情时，曾打开官仓赈济灾民。

〔29〕鬻：卖。

〔30〕展草垂缰：言为报他人恩德而效犬马之劳。

〔31〕社稷：国家。

〔32〕萧曹：萧何、曹参，都是西汉开国功臣。

〔33〕伊傅：伊尹、傅说，都是殷商时贤相。

〔34〕周召：周公旦、召公奭，都是周初贤相。

〔35〕紫泥宣诏：古代皇帝的诏书用紫泥封固，并加盖玺印。

〔36〕花衬：指宫官穿的衣服，这里指代宫官。

〔37〕衮绣：衮衣绣服，古代帝王及高官的礼服。

〔38〕珂佩：古代朝服上的玉带。

〔39〕绣衣郎：汉代有专门负责弹劾地方官员的绣衣直指。这里指高监司。

〔40〕粒我烝民：用谷米养活我们百姓。

〔41〕云卿苏圃场：指南宋隐士苏云卿，他在江西南昌东湖结庐而居。

〔42〕徐孺子：指东汉隐士徐稚，字孺子，家贫不应官征，躬耕隐居于南昌。挹：舀，汲取。

【译文】

众多生民遭受灾殃，正遇着灾年闹饥荒。感谢拯世济民恩德，灾民们都无恙，所以要编本词儿来赞颂歌唱。

[滚绣球] 去年正逢插秧的时候，老天偏偏反常不下雨，从哪里去得到及时雨降？旱魃出现造成四野灾荒。谷子不会成熟，麦子不往上长，老百姓因此失去希望，物价一天比一天高涨。十分料钞要加三成兑换，买一斗粗粮要扣去四升，真是凄凉啊！

[倘秀才] 富豪人家为富不仁居心不良，囤积居奇的商户瞒天昧地，道理不讲。他们的心肠像蛇吞大象那样贪得无厌，还施出歹毒的手段，在卖的谷子里添上秕谷碎屑，在卖的米里搀上粗糠，做出这种断子绝孙的坏事，怎么能够指望他们儿孙会发达久长？

[滚绣球] 做饭炊具积满尘土，老弱忍着饥饿，米贵如珠，青年壮夫饿得发慌。有金银往哪里去典当？都只好饿着肚子躺睡在斜照的阳光里。人们剥榆树皮吃，挖野菜尝。吃黄不老的野菜就好像吃到了珍贵的熊掌。用蕨根粉代替干粮，挖来鹅肠苦菜连根煮，采来荻笋芦蒿带叶尝，只剩下不能吃的杞

柳株樟。

[倘秀才] 或者是捣些麻柘叶子把豆浆水调拌得浓一点，或者是煮些小麦皮屑把细糠掺和得稀薄一点，能够这样做，灾民们早就合掌抱拳感谢上苍。现在灾民们一个个脸黄犹如抄经的黄表纸，一个个瘦得像饥饿的豺狼，填卧大街小巷。

[滚绣球] 偷宰了几只阔角老水牛，盗砍了些大叶桑。遭逢瘟疫死者无棺埋葬，贱卖掉家里财产田地房屋。有的人家卖掉亲生的儿女，骨肉离散，相见无望，这惨痛的分离是什么滋味啊！吃奶的小孩没有人要抛入长江。哪里去找厨中剩饭杯中残酒，眼睁睁看着河里的孩子岸上的娘，不由我不哽咽悲伤。

[倘秀才] 奸商们把走私粮船停泊在外港，摇船过河已是半夜月明的时候，只发达了无赖的商行。给牙子的佣金要加倍，卖面的暗中捣鬼装模作样，用破钞买面一斤早就扣除去四两。

[滚绣球] 在那江岸边的乡村，向来有义仓，积存粮食以备荒年救济。义仓历年都有税户掌管，进出账目数字上漏洞已被弥补得十分妥当，他们都占用义仓钱财，将官府搪塞过去。近几天上面到江乡来劝说义仓平价卖粮，按照户口每月分给粮食，可是富户都用钱买进囤积堆放，对灾民没有实惠，都是虚诳。义仓救济不过是画饼充饥，实在可笑，什么官府的印信凭证全是骗人撒谎，只是快活了那些管事的社长和族长。

[伴读书] 饥饿消磨尽了众豪壮，断送了一些不务正业的游荡汉。逃荒者抱子携儿拄着拐杖，形容消瘦弯腰屈背像虾米一样，只要还有口气就沿途逃荒去闯，一个个有气无力眼泪汪汪。

[货郎] 看见饿死的人成排地倒在街上，活着的行乞出来，一到门口就相互争斗夺抢。就是财主们也怀藏着金银不肯施舍，立着远望等待穷人的死亡。感谢高监司的好主张，像是汉武帝时的汲黯开仓放粮。披星戴月四处奔走一片热心肠，赈济和卖粮都亲自去发放。看到孤儿寡妇患病无依傍，便差医看病煮粥分送到街市。把那没收来的赃款、赌资和分例米普济灾民，各种措施非常良好。众饥民对他都非常敬仰，似枯木逢春，死而复活萌芽再长。

[叨叨令] 有钱人贩米谷置田庄把高利贷放，无钱人生活艰难骨肉分离没有指望；有钱人纳宠买家奴偏偏人丁兴旺，无钱人受饥饿尸填沟壑遭受灾殃。小民好苦啊，小民好苦啊！就是秋收也还得卖妻子儿女家产沦丧。

[三煞] 这位相公爱民忧国，没有偏私，推行政事，散布仁爱，意气昂扬。

他体恤老人，怜悯穷人，把百姓看作自己的子女。他起死回生，扶助弱小，打击强暴。众百姓刻骨铭心地感念他的恩德，恨不得像犬马那样忠心报答主人。在黑暗笼罩的覆盆下，一同享受到太阳的光芒。

[二煞] 这位相公是真正天生的国家卿相，他的才干称得上是朝廷的栋梁。这位相公思想主见博大精深，他秉心仁恕，治政公平，遇事慈祥。可以和萧何曹参相比，与伊尹傅说齐肩，同周公召公同列朝班，皇上已颁下紫泥诏书宣他进京，前程无量正春风得意马蹄忙。

[一煞] 愿相公早日位居朝班，与那些杰出人物同列。立刻可以看到姓名被皇帝覆以金瓯，委以重任。愿相公进入京城皇宫，在皇帝近旁，辅佐皇帝协调统筹，治理好国家大事，论说道理，振兴家邦。享用着华贵、漂亮的服饰和精美的玉带。让普天下老百姓安居乐业，都知道这是前任好官的功劳。

[尾声] 相门出相是前人褒奖，官上加官后代永昌。救活一方百姓人们永不会忘，给百姓粮吃的恩德如何报偿。父老儿童都细商量，樵叟渔夫们也在一起论讲。人们都说东湖柳岸旁，那里环境清幽更舒畅。紧靠着高士苏云卿种菜圃场，可与徐孺子共享清幽百世流芳。盖座祠堂让人供养，立一座石碑刻上字数行，把德政因由都刻上，让万代官民见到时都将他想。

【赏析】

此套曲触及了重大的社会问题，是元散曲中难得的优秀作品。高监司，履历未详。此套反映了江西大旱的情况，真实地描写出灾区饿殍填街、哀鸿遍野、灾民流离失所、家破人亡的悲惨景象；又揭露了奸商富户勾结官吏趁火打劫、借灾发财的罪恶行径。深刻地揭露了元代社会的腐败黑暗，表现了作者对苦难人民的深切同情。

此曲本为向高监司陈言上策，歌颂他赈济灾民的盛德和“恩光”，故也难免俗，曲中后半部分不乏颂扬讴歌的套语，甚至要盖祠堂，为他树碑立传，让后世万代官民见到就想到他。这当然有其局限性。但像高监司这样关心人民疾苦、公正无私的官员，在封建社会确实是寥若晨星，也的确值得称赞。

在艺术手法上，全曲运用了对比、比喻等，描写细致生动，语言质朴平实，风格豪放。

[正宫]塞 鸿 秋

薛昂夫

功名万里忙如燕[1]，斯文一脉微如线[2]。光阴寸隙流如电，风霜两鬓白如练。尽道便休官，林下何曾见[3]，至今寂寞彭泽县[4]。

【注释】

〔1〕功名万里：指东汉班超封侯万里事，此处借指求仕追官。

〔2〕斯文：本指旧时的礼乐制度，后指礼让文雅，品格高尚。

〔3〕林下：指山林隐居的地方。

〔4〕彭泽县：指陶渊明。曾为彭泽令，后挂冠归隐。

【译文】

为求取功名万里奔走忙如飞燕，传统的道德斯文衰微如悬线。人生短暂光阴流逝如闪电，转眼两鬓霜白如练。那些人都说真想立刻挂冠不做官归隐而去，然而幽僻的林下又何曾见到他们的身影呢？至今晋代隐居的高士陶渊明仍然寂寞无伴啊。

【赏析】

“归隐”是元代多数志屈不伸的文人的最终解脱办法。有真“归隐”者，醉心于林泉，不闻世事。然而也有假“归隐”者，以归隐为幌子，实则追名逐利，真是故作风雅。这首小令就是讽刺这些口是心非、表面斯文，实际上醉心仕途、追逐个人功名利禄的文人。此曲风格显得既爽利干脆而又尖刻冷峻。

曲　人　谱

王和卿

(1242—1320)，大名（今河北大名县）人，与关汉卿同时，且为挚友，以滑稽诙谐而名。元钟嗣成《录鬼簿》列其名“前辈名公”，天一阁本称“王和卿学士”，亦有称作“散人”。他的曲作极富想象力和幽默感，有时堕于恶趣，如《嘲胖妓》等。现存小令二十一首，套数二篇。

胡祗遹

(1227—1295)，字绍开，号紫山，磁州武安（今河北武安县）人。少孤有才，见知于名流。中统初，被征召为员外郎。至元年间任翰林文字太常博士、左右司员外郎等官职，当时权臣阿合马当国，重用群奸，官冗事繁。祗遹建议省官省事，触犯权奸，被出为太原路治中兼提举本路铁治。元灭宋后，为荆湖北道宣慰副使，后又升山东东西道提刑按察使，抑制豪富，扶持寡弱，颇有德望。召拜翰林学士，不赴，设江南浙西道刑按察使，后因病辞官。卒，赠礼部尚书，谥文靖。著有《紫山先生大全集》。现存散曲小令十一首。

卢　挚

(1235—1300)，字处道，一字莘老，号疏斋，又号嵩翁，涿郡（今河北涿县）人。至元五年（1268）进士，官至翰林学士承旨。诗文与刘因、姚燧齐名，世称“刘卢”“姚卢”，是元初重要的散曲作家。其散曲多为怀古、唱和之作。贯方玉《〈阳春白雪〉序》称其曲“媚妩，如仙女寻春，自然笑傲”。散曲现存小令一百二十多首。著有《疏斋集》、《疏斋后集》，均佚。

朱帘秀

(生卒年不详)，排行第四。元大都（今北京）人。元杂剧著名女艺人，艺名“珠帘秀”。《青楼集》称她“杂剧为当今独步；驾头、花旦、软末泥等，悉造其妙”。后辈艺人尊称为“朱娘娘”。亦擅写散曲，与王恽、关汉卿、卢挚等散曲作家均有唱和之作。《全元散曲》录其小令一首，套数一套。

关汉卿

元戏曲作家。号已斋，大都（今北京）人。约生于金末，卒于宋亡（1276）之后。入元不仕，他“生而倜傥，博学能文，滑稽多智，蕴藉风流，为一时之冠”（《析津志》）。一生以创作和演出戏曲杂剧为业。所作杂剧多达六十余种。现存有《窦娥冤》、《救风尘》、《单刀会》、《拜月亭》、《玉镜台》、《望江亭》等十八种。现有散曲小令五十多首，套数几篇。与郑光祖、白朴、马致远并称为“元曲四大家”。

白　朴

（1226—1306？），原名恒，字仁甫，后改名朴，字太素，号兰谷，隩州（今山西河曲）人，后移居真定（今河北正定），其父白华为金枢密院判。金亡时，尚年幼，其母为蒙古军所掠，他幸得元好问救助，被带往山东聊城避难。由于身历国破家亡的惨痛，入元不仕，放情山水，以诗酒为乐。所作杂剧今知有十六种，现存《梧桐雨》、《墙头马上》、《东墙记》三部，多描写爱情。有词集《天籁集》。散曲今存小令三十七首和套曲四套，以绮丽婉约见长。

姚　燧

（1239—1314），字端甫，号牧庵，河南洛阳人。因少孤而由伯父姚枢抚养成人。曾任翰林学士，集贤大学士，太子少傅，出任江东廉访使等职。是当时名儒，文章宗师，倡导古文，与虞集并称，其所作散曲风格婉丽、语言通俗流畅，与卢挚并称“姚卢”。在散曲发展史上有一定影响，原有曲集已散失，清人辑有《牧庵集》，《全元散曲》录存其小令二十九首，套数一套。

马致远

（1250—1324），字千里，号东篱，大都（今北京）人。曾任江浙行省务官，一生以戏剧、散曲创作为生，时有“曲状元”美誉，是“元曲四大家”之一，元贞书会的中坚人物。晚年归隐田园，慕隐好道，成为“林间友”、“尘外客”。所作杂剧十五种，今存《汉宫秋》、《荐福碑》、《陈抟高卧》等七种。散曲有《东篱乐府》一卷，现存小令百余首，套曲十七篇。作品风格多样，或豪放，或清逸，或平易自然。

赵孟頫

（1254—1322），字子昂，号松雪道人，水精宫道人。湖州（今浙江吴兴）人。南宋末任真州司户参军，入元后，授兵部郎中，刑部主革，后官至翰林学士承旨，封魏国公。工于书画，通晓音律。尤以书画名于天下，能诗文，善作散曲。有《松雪斋文集》，《全元散曲》存其小令二首。

王实甫

名德信，字实甫，元大都（今北京人），生卒年不详，约与关汉卿同时，主要活动在元代的元贞、大德年间。他创作的杂剧据知有十四种，现存有《西厢记》、《破窑记》、《丽春堂》三种。其中《西厢记》尤为脍炙人口，被誉为“天下夺魁”之作，在我国戏曲发展史上和文学史上影响很大。《太和正音谱》称其词“如花间美人”，“铺叙委婉，深得骚人之趣”。王实甫的散曲流传下来的极少，仅存小令一首，套数二套。

贯云石

（1286—1324），本名小云石海涯，字浮岑，号酸斋、成斋，又号石屏道人、芦花道人，维吾尔族人。他是忽必烈重臣阿里海涯之孙，因其父名为贯只哥，故仿汉人称贯姓，即贯云石。他出身将门，身世显贵，初时曾袭父职，任两淮万户府达鲁花赤，历任翰林侍读学士、中奉大夫、知制诰同修国史，后让位其弟，弃官归隐，曾从师姚燧，能诗文、善草、隶书，尤以散曲知名。所作散曲，豪放清逸，多写闲适生活和儿女风情，曾为《阳春白雪》、《小山乐府》作序，颇有影响。今人任讷将其散曲与徐再思（号甜斋）作品合辑为《酸甜乐府》。《全元散曲》录存其小令七十九首，套数八套。

张养浩

（1269—1329），字希孟，号云庄，济南（今山东）人，少有才名，曾任东平学正、县尹、监察御史、礼部尚书等职，敢于直谏，后辞官归隐。1329 年，再次出任陕西行台中丞，治旱救灾，死于任所。其散曲主要是归隐后所作，著有散曲集《云庄休居自适小乐府》，现存小令一百六十一首，套数两套，内容多为辞官后的心境和山林生活的情趣，其中也不乏揭露黑暗现实，同情百姓疾苦的作品。《太和正音谱》评其曲为“如玉树临风”。

郑光祖

字德辉，生卒年不详。平阳襄陵（今山西临汾附近）人。做过杭州路吏，病卒杭州，葬于西湖灵芝寺。写过杂剧十八种，现存《倩女离魂》、《王粲登楼》等八种，与关汉卿、白朴、马致远并称为“元曲四大家”。他的散曲至今存小令六首，套数二套。《太和正音谱》称其作“语出不凡，若咳唾落乎九天，临风而生珠玉，诚杰作也”。

曾　瑞

字瑞卿，号褐夫，大兴（今北京）人，后移家杭州，生卒年不详。善绘画、能隐语、工于小曲，晚年在江南颇有盛名。不愿做官，靠朋友接济维持生活。有散曲集《诗酒余音》（已佚），现存小令九十五首，套数十七套。

张鸣善

名择，号顽老子。原籍平阳（今山西临汾），家居湖南，流寓扬州。官淮东道宣慰司令史。至正二十六年（1366）曾为夏庭芝《青楼集》作序。所著杂剧《烟花鬼》等三种，均失传。现存小令十三首，套数二套。《太和正音谱》评其曲“如彩凤刷羽”，其“藻思富赡，烂若春葩，郁郁焰焰，光彩万丈，可以为羽仪词林者也。诚一代之作手，宜为前列”。

宋方壶

名子正，号方壶，华亭（今上海市松江）人。生卒年不详，其活动约在元末明初。曾于华亭莺湖筑室，四面是镂窗的方格，昼夜长明，如同神仙洞府，名之“方壶”，他也就以“方壶”为号。工散曲，今存小令十三首，套数五套。《太和正音谱》列于一百五十人“词林英杰”之中。

周德清

号挺斋，高安（今江西）人。约生于南宋末年，元顺帝初年还在世，是北宋词人周邦彦的后代。他工乐府，善音律。有感当时北曲创作在格律上的混乱，总结北曲创作和歌唱的规律，于泰定元年（1324 年）著成《中原音韵》一书，为散曲创作提供格律依据，时称“天下之正音”。对语音学和曲律研究，都有重要贡献。其所作散曲甚多，“长篇短章，悉可为作词之定格”，在当时影响较大。今存小令三十一首，套数三套。

张可久

（约 1270—约 1349），名小山，一云名伯远，字可久，庆元（今浙江宁波）人。曾官桐庐典史，老来犹依人为幕僚。一生不得志，浪迹江湖，足迹遍及湘、赣、闽、皖、苏、浙等地，晚年居杭州。专写散曲，小令尤著，与乔吉齐名。著有《小山乐府》，计存小令八百五十五首，套数九套，数量居元人之冠，广负盛名。

徐再思

（生卒年不详），字德可，号甜斋，嘉兴（今浙江）人。曾任嘉州路吏。为人聪敏，擅乐府，与贯云石齐名，《酸甜乐府》即二人合集。其散曲以清而秀逸见长。《太和正音谱》称其词“如桂林秋月”，现存小令一百零三首。

睢景臣

一作舜臣，字景贤，扬州人，后到杭州，与钟嗣成相识。钟嗣成《录鬼簿》中说他：“心性聪明，酷嗜音律。”所作杂剧今知有《千里投人》、《牡丹记》、《屈原投江》三种，均不存。散曲今存套数三套一残曲数句。《高祖还乡》是其代表作。

乔　吉

（1280—1345），一作乔吉甫，字梦符，号笙鹤翁，惺惺道人，山西太原人，后流寓杭州。才华横溢，却流落江湖，终生潦倒。寄情山水，啸傲风月，《录鬼簿》说他：“美容仪，能词章，以威严自饬，人敬畏之。”明、清人将他与张可久并称为元散曲两大家。所作杂剧十一种，传世的仅有《两世姻缘》、《扬州梦》、《金钱记》三种。散曲有《惺惺道人乐府》、《文湖州集》、《乔梦符小令》三种。今存小令二百一十首，套数十一套，多为啸傲山水、青楼遣兴之作，风格典雅清丽。